嗜殺基因

柏菲思 著

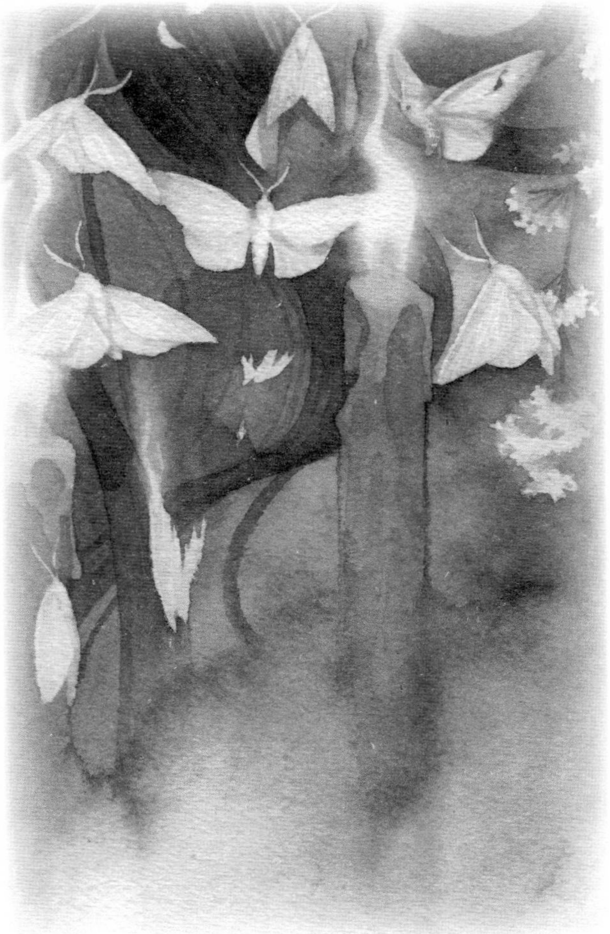

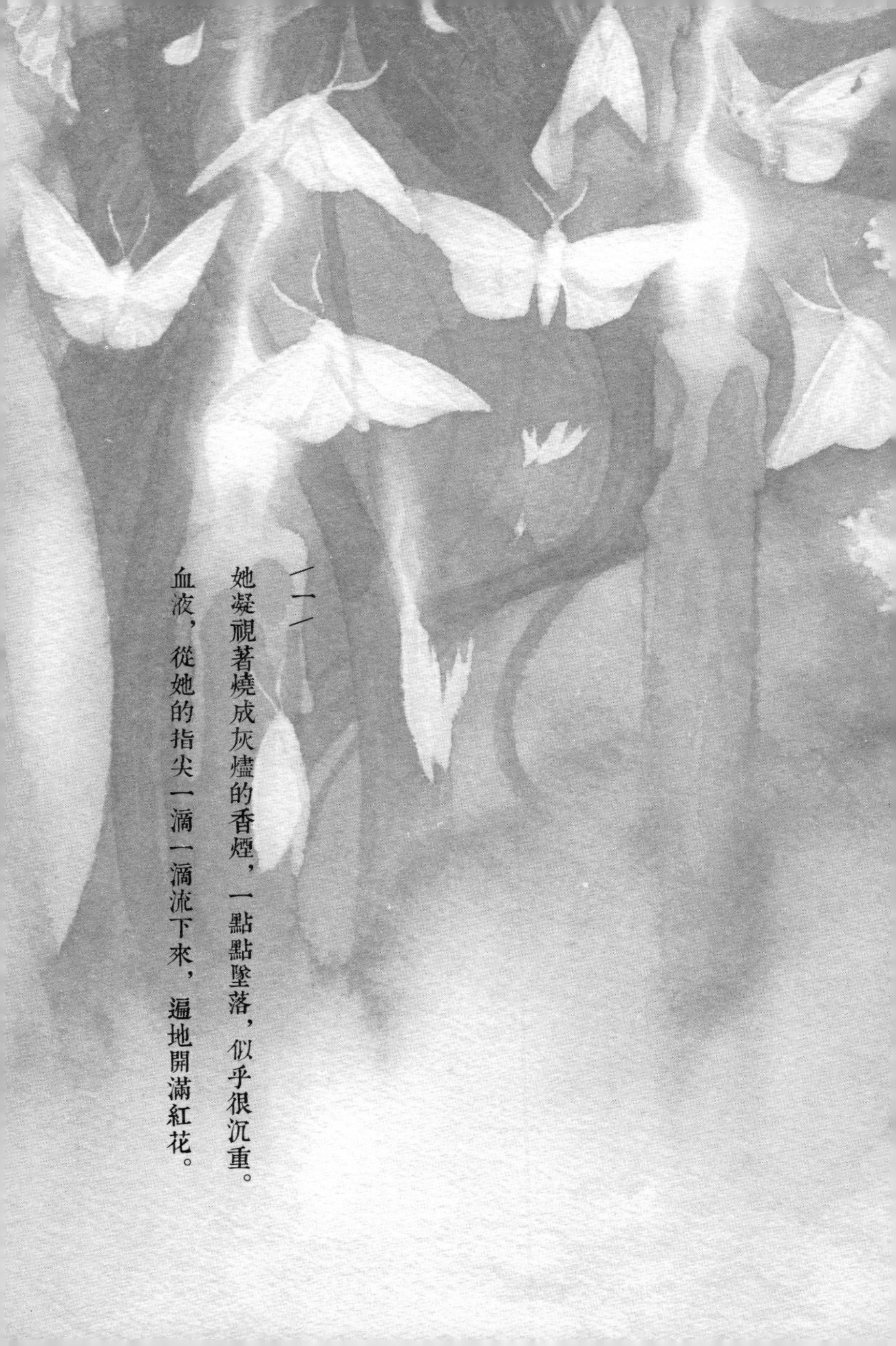

——

她凝視著燒成灰燼的香煙，一點點墜落，似乎很沉重。

血液，從她的指尖一滴一滴流下來，遍地開滿紅花。

方嘉兒拿起一枝香煙，點燃了。

已經多少年，自從她懷了孕之後戒煙，大約有十二年了吧。

她大大地吸一口氣，彷彿肺部的所有堵塞物一下子被清除。形如密樹枝狀包裹著整個器官的微絲血管，因吸入尼古丁而擴張，加快了血液的流動。

她用左手掌心托著右手手肘，成為一個香煙支架。

閉上雙目，嗅一嗅最靠近鼻子的手指，感受那濃烈的氣味。不只是煙草味，她的體臭、香水以及腥味全都混和在一起，一併從指尖揮發出來。

好像在點燃香煙的同時，把記憶的香薰蠟燭也點亮起來似地。

拂曉時分。

四周還是一片漆黑，但天空已漸漸暴露出最真實的色彩了。

她獨個兒坐在一架七人房車上，看擋風玻璃外夜空中最亮的星星。只有黎明時分才能看見，這最深層的藍。

每一個無眠的夜晚，她都會像這樣駕車出來，注視著自己心靈最深、最敏感的部分。

可是，一切都在今天晚上完結了。

當旭日從地平線升起，這片藍將會被晨曦吞噬。而她，亦會獲得重生。

＊＊＊

天快要亮了。

她把拿香煙的手伸出車窗，四野無人的郊區路上，只有她的車子停泊在旁。

煙蒂隨風飄去，火光點綴著天際。

忽然，風停了。

她凝視著燒成灰燼的香煙，一點點墜落，似乎很沉重。好像曾幾何時看過的場面——血液，從指尖一滴一滴流下來，遍地開滿紅花。

她在車用煙灰缸揉熄了香煙。

然後啟動引擎，決定在天明之前離開此地。

＊＊＊

方嘉兒在村屋前面的私家泊車場，把七人房車的內部仔細清潔了一遍。

然後關上車尾箱的門，把暫時擱於地上的大型挖土鏟撿起來，放到花園裡安置園藝工具的位置。

她邁開腳步走進屋內，日出間不容瞬已完成。

陽光肆意地穿過半透光的窗簾，射進寂靜的屋內。

方嘉兒爬上二樓，小心翼翼地打開兒子的睡房門。

房間內空空如也，只有塵埃於太陽照耀下盤旋起舞。

方嘉兒坐在整頓乾淨的床鋪上，以充滿憐愛的手觸摸被單，猶如在撫摸兒子的小腦袋。

即使是一天不見，她也懷念著他的氣味。

她情不自禁，伏在床上嗅兒子殘留的體味。一剎那，身上那血腥味、煙草味、汗味，全部都被淨化了。

他大概很快會回來吧，方嘉兒如此期望。當他再次踏進家門時，會發覺一切如常，可內裡卻又已經完全改變了。

所有陰霾、悲傷，都會隨洗掉的血液一併消逝。

突然間，喜悅之情湧現，她覺得這就是長久以來渴望的結果。

終於能給兒子一個安全、恬靜的居所了。

她輕輕關上兒子的睡房門後，以輕快的步伐走下樓梯。

脫掉身上所有衣服，把沾滿污積的衫褲放到洗衣機內，開機清洗。

她光著身子走進浴室，扭開水掣，用蓮蓬頭沖洗身上所有的氣味。

成為乾淨的自己後，她將依然是個盡責的媽媽，如過往的十二年一樣。

＊＊＊

兒子今天異常平靜，可能因為家中少了些許噪音而特別顯眼。

他在鏡子前整理自己短短的頭毛，梳洗後穿上校服，然後習以為常地餵飼寵物小青蛙。

用來安放小青蛙的玻璃水缸裡放滿了植物，有一根木讓牠爬行，還有淺水供牠游泳。

小青蛙沒有名字，方嘉兒叫過兒子為牠命名，但他堅稱不需要名字。

每天早上，兒子都會依照方嘉兒的吩咐照顧牠之後才出門。

＊＊＊

他們母子坐上那架七人房車，率先坐進助手席的兒子似乎察覺到異樣，但他沒有作聲，默默地拿出手機繼續他的遊戲。

沿途他們都沒有對話，只是默默地凝視著不同體積的車子「嗖」地一聲超越他們，直至到達目的地。

七人房車於學校門口停下來。

方嘉兒想與兒子吻別，但遭到拒絕。大概因為許多學生在車窗外經過吧。

沒法子，他已經不是小孩了，今年剛升上中一，已踏入青春期。渴望自立，想表現得像個大人亦很正常。

因此，方嘉兒沒強逼他，笑一笑。

兒子斜眼看看在左手邊的學校，然後木無表情地打開車門，向校門走去。

＊＊＊

方嘉兒坐在駕駛席上，透過助手席那邊的車窗追視兒子的背影。

兒子把手機收進褲袋後，很快就有一群男同學跑上前，牢牢地攬住呆若木雞的他，談笑起來。

見此，她安心地駕車離去。

嗜殺 基因

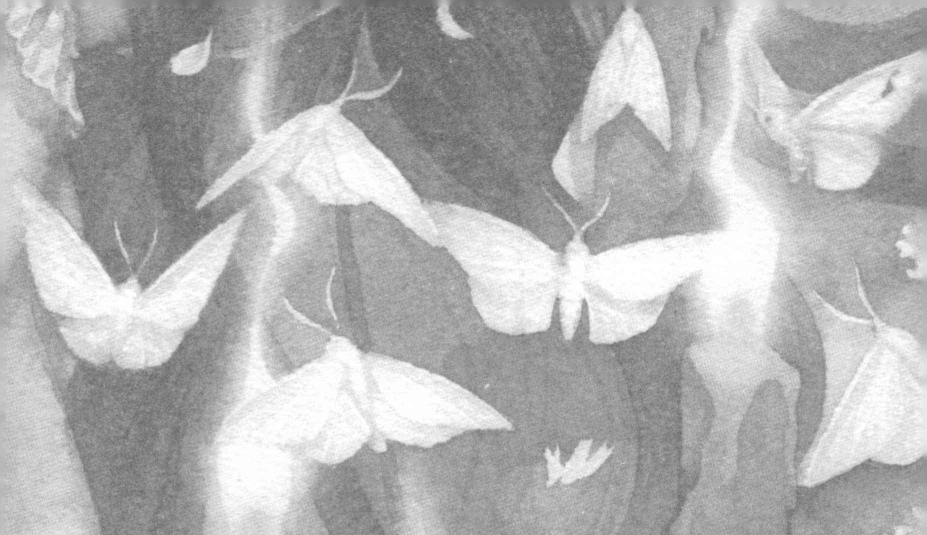

／二＼

自小對周遭漠不關心的她，唯一全情投入的嗜好就是研究人體構造。

所有關於人類身體的資料她都想過目：裸體畫、人體解剖圖、驗屍報告、殺人紀錄等，都在她的趣味範圍內。

車子出發了，好像就再也無法停下來。

儘管計劃已久的任務終於完成了，下一個任務依然排山倒海地壓下來。時間沒有因任何人的逝去而停留，波浪總是接踵而來……

＊＊＊

方嘉兒打開自動鐵捲門，把房車駛入車庫。

只有在兒子上了學的時候，她才能分身來這兒辦事。

方嘉兒的父親最近逝世了。剛好頭七，她決定親自到祖屋收拾父親的遺物。

由於父親算是半個名人，加上物品都比較私人和雜亂，因此她想自己先處理一下，再叫工人來收拾。

方氏祖屋是一座有三層高的西洋風格獨立屋，有飛突出來的屋簷，陰暗的地下室，二樓還有陽台。

包圍著房子的有比人更高的圍牆，紅磚頭上有人擅自畫上塗鴉。假若父親尚在人間一定會吩咐人清潔，但如今他已經魂歸天國了。

這棟房子猶如剎那間失去了靈魂，迅即被埋伏已久的牛鬼蛇神從四方八面入侵，佔領此座空城。

與田園風味濃烈的建築相較之下，裡面沒有想像中那枝繁葉茂的花園景觀。

一進門，只有被水泥密封的前庭空地，以及連接著主樓的有蓋車庫。

雖然沒有花園草坪，但四方設有特大的花槽，種滿幾種顏色的紫羅蘭，是父親生前最愛的花。

由於父親只有方嘉兒一個女兒，在他臨終前，她幾乎每天進出這兒照顧病重的父親。

此刻，方嘉兒抬頭凝視這空寂的房子，陷入回憶的漩渦中……

＊＊＊

小時候，她在這裡度過了童年時光。

父親許多時候也因為公務繁忙而忽略照顧她。

但剛過了八歲生日，母親逝世之後，他就成為了方嘉兒世上唯一一位親人。

縱然，他是位多麼可怕的嚴父，方嘉兒依然尊敬待他。

而父親亦增加了對她的關心，也許他和方嘉兒有同樣想法，認為她是唯一的肉親。因此，兩人之間必然地產生了牢固的牽絆。

當方嘉兒在婚姻上有煩惱時，他總會耐心地聽她吐露心聲，並提供精準的意見。

父親對於分析很在行，他能摸清每個人微弱的心理動作，或許是職業關係令他有驚人的洞察力。

反之，方嘉兒卻摸不清他的底蘊。

只要一被他那如獵鷹的雙目注視，她就無法動彈，彷彿腦袋裡每一條神經也被他看得一清二楚似地。

＊＊＊

從車庫進入主樓，展現眼前是乾淨的大堂，以及一間空寂的應客室。旁邊有為腳部不便的父親新安裝的升降機，正中央有一條延伸至三樓的旋轉樓梯。

方嘉兒步入應客室。

兩張皮革沙發隔著玻璃茶几安放著，門邊有掛帽架，貼在牆邊的木紋櫃上擺放著多不勝數的獎章及獎狀，上面均刻有父親的名字。

父親表面的工作是大學教授，他曾經寫過不少精彩的論文，在報紙上有幾個專欄連載，矚目一時。

可是，暗地裡他專門研究性疾病，擁有專業執照，是行內數一數二的名醫。

由於他的技術良好，消息傳出去了，不少政界、商界，甚至藝能界的名人也會登門造訪，希望得到他親自診治。

父親的五官很端正，不能說是粗眉大眼的美男子，但他那忠直的外表確實吸引了不少異性。

至於男士，亦因為他坦蕩蕩的君子表現，而放心把自己的性病問題向他請教。

事實上，父親亦真的很有醫德，即使記者上門要求他販賣情報，都被他堅決拒絕。

生前的父親備受各方極大的信任。

然而，在小孩時期的方嘉兒來說，父親只是恐懼的對象。

他全身總是散發著冷冰冰的氣息。

儘管房間裡正在舉行年青人的狂歡派對，只要他一走進去，亦會立即回歸寂靜。即使是世上最頑皮的孩子，亦不敢在他面前要把戲。

許多人都説父親無畏無懼的目光，十分誠懇。

但在方嘉兒眼中，他那視線不止顯示他看透世事、成熟穩重，還透露著一點點的瘋狂。

＊＊＊

方嘉兒打開木櫃，把獎章等一一包裝好，收到紙皮箱內。

然後爬樓梯，繼續整頓祖屋的其他地方。

＊＊＊

在方嘉兒出嫁之後，這棟祖屋裡大部分的房間都空置下來。

除了二樓的雜物房和研究室，以及三樓的寢室之外，其他地方都是空室或客房。真正使用的範圍很窄，因此要收拾的東西亦有限。

來到二樓，方嘉兒繞過一座白木製的三角鋼琴，進入研究室。

＊＊＊

所謂研究室，也不是甚麼神秘的地方，只不過有張簡陋的床，以及一張稍長的辦公桌，給他作診症之用。

由於他沒有私人診所，也不能讓各界的達官貴人到公開地方檢查身體，只能邀請他們直接到訪他的家中來診症。

因此，自然而然出現了這樣一間房子。

而平日沒有客人時，父親則會窩在這兒，天天面壁，思考一些方嘉兒不懂的深奧問題。

光看祖屋的外觀，絕對想不到裡面會有這樣一間冰冷的診療室。

當跨步進入門框時，恍如進入了迴然不同的異世界般，讓人提一提神。

方嘉兒輕撫著床單的表面，即使是被病人躺直的地方亦沒有一點縐摺。

這一點的細節，令她勾起過往的片段……

＊＊＊

兒子剛滿兩歲時，方嘉兒第一次面對家暴，施暴的人是她的丈夫。

由於工作帶來的龐大壓力，加上性慾衰退，兩人交流的時間遞減。對於兒子的教育方式也出現分歧，於是經常吵架。

而每次爭拗，大都以丈夫毒打方嘉兒，並要求她跪地求饒的方式完場。

無法承受這一切的她，總是在丈夫上班時，伺機來祖屋向年事已高的父親訴苦。

當看見淚眼婆娑的方嘉兒到訪，父親會叫她到研究室去，扒掉身上所有衣服，讓她裸體臥於床上，讓他治理她身上每一道傷痕。

仔細檢視後，他便會謹慎地為她塗藥，處理傷口。

而方嘉兒也很享受這段時光，像是打個瞌睡之後恢復精力一樣。

他是父親，一直看著女兒成長，即使看見她赤條條亦不會起色心。他們這樣做有對方的默許；然而事實上，這也只不過是各取所需罷了，滿足了一個男性內心一種觀看女性胴體的渴望。

儘管父親幾乎把全部人生奉獻在醫學之上，但他對於豐滿的女性肉體，以至血淋淋的傷口，依然充滿鍾愛。

彷彿覺得那是世上無雙的藝術品，必須雙手倒背在後，用眼睛仔細品味——每一根毛，每一條骨頭，每一個破開的裂縫。

這是外人所不知道的他。

他的另一塊面孔。

＊＊＊

雖說只有一個老人住在這房子裡，但收拾起來還真費勁。

假若是別人，大概已經進入休息時間，喝杯茶，吃甜點。

可是方嘉兒不想停止，因為她正在期待之後的好戲，她自己安排的故事順序，正暢行無阻地進行著。

她喜歡把最期待的事情放到最後，就像孩子把蛋糕上的草莓放在碟邊，留到最後才吃一樣。

這種因期待而攀升的興奮，如毒品般使她上癮。

這可能是病態，無法制止的高昂情緒正侵蝕著理智。

眼前正在整理的雜物亦足以令她興趣盎然，但這不過是前菜般的東西而已，後面接續而來的才是主食。

＊＊＊

辦公桌的抽屜和桌面井然有序地擺放著診症用的物品——剪刀、病人問卷、橡膠手套、消毒藥水、手術刀……

父親生前，絕不批准她碰這些東西，但現在她能自由拿到手中，把玩著，這棟房子上下所有東西已屬於她一個人。

她摸著手術刀的刀鋒，然後把它高舉起來，放到陽光底下觀賞。

有些白色的小斑點如水垢留在上面，大概由於太久沒使用，抽屜裡的細菌攀附著刀面滋生起來。

方嘉兒揚起嘴角。

不知怎地，光是想像這手術刀切割過甚麼部分的組織，她已忍不住全身打顫。

她收起那失控的表情，包裝好東西，準備進食主菜。

＊＊＊

來到研究室旁邊的雜物房，裡面是雜物的激戰區，書籍和東西雜亂無章地堵塞四方形的空間，只有一條狹窄的通路供一個人走過。

交疊起來的箱子要是一下子掉下來，應該能埋沒幾個小童。

方嘉兒側著身子竄進去，手心在冒汗，所有的病人文檔以及備用醫療用品皆儲存在這房間中。

好不容易來到靠窗的位置，方嘉兒看見堆積如山的箱子背後隱藏著一個鐵層架，上面放滿大小不一、封了塵的藥瓶。

由於玻璃有顏色，因此她看不清裡面放著甚麼東西，只能從外面的警告標誌認得一二。

她趕緊上前，拿起一個罐子，這只是普通的止痛藥丸。

看見旁邊較大的玻璃瓶，她一瞬以為看見裡面放的是腦袋。但拿到手中端詳後，才發覺那不過是已發霉的棉花球。

她轉過身，沒有把東西立即收進紙皮箱裡，反而開始翻弄著儲物箱中的東西，好像在汪洋大海中尋找一條浮木。

把大大小小的箱子搬到地上，塵埃飛舞，但她一點也不在意，只顧眼前猶如寶物山一樣的雜物。

她默默地逐一打開箱子，掃視裡面的東西。

有些是泛黃的文件，上面有父親振筆疾書的潦草字；有些只是一些過了使用期限的醫療用品，還有小蟲的乾屍。

良久，她終於找到目標的東西——病歷。

作為私家醫生，絕不能對外公開這些情報，皆因病歷當中隱藏不少社會上有權有勢的人的秘密。

然而如果是醫生的至親，那就能盡情閱讀。

何況，最礙事的人已消失於人世。

要說動機，是八卦沒錯。

因為病歷的內容正好合方嘉兒的胃口，人體慢慢被病毒侵蝕的狀態，或者器官內臟被切除的場面，光是想像已經能使方嘉兒花費無數空檔。

也許是遺傳的關係，自小對周遭漠不關心的她，唯一全情投入的嗜好就是研究人體構造。

所有關於人類身體的資料她都想過目：裸體畫、人體解剖圖、驗屍報告、殺人紀錄等，都在她的趣味範圍內。

當中最喜歡的，就是解剖。

人類此種生物實在是太神奇了，特別是腦袋。無法輕易理解的東西，只有藉著物質形式上的拆解，才能滿足她的好奇心。

縱然閱讀過不少資料，對於解剖人體的步驟已是瞭若指掌，但至今仍不感到厭倦。

彷彿解剖能簡化艱深莫測的思想，把所有情緒一下子投入溶劑裡化掉般。

只要打開病歷，城中最厲害的權貴都變得像摯友一樣，大家之間再沒有秘密了。

方嘉兒返老還童，霎時間忘記自己身為人母，把人類最根本的童心喚起。

喜上眉梢地盤坐於地上，閱讀那一大疊病歷。

她覺得自己在看兒童繪本，雖然只有文字，但腦內已像投映機般放送著一段段傷口被病原菌侵蝕的影像。

父親寫的都是客觀事實，然而，她能想像每種傷勢或疾病為病者帶來的痛楚。

＊＊＊

快樂的時光很快完結。眨眼間，她已經看完箱中的病歷。

由於病人大都是長期患者，所以每個人的病歷都比較厚，堆在箱中的分量沒想像中的多。

失落的她好好放回病歷。

沮喪地站了起來，拍拍塵埃。

* * *

她回到物品歪七扭八地堆放著的雜物房去，搬出另一個箱子，希望找到新的玩具。

這次挑選的箱子體積只有高跟鞋的鞋盒般大，而且會被放進裡面的東西似乎不太沉重，因此她只用單手就能把它從高處拿下來了。

方嘉兒看看這個箱子。

表面是金屬製的，上面印有德文和商標圖案。

雖然印刷褪色，但她依然能確認這箱子本來是一盒餅乾。

不知怎地，她從這盒子感受到與別不同的氣場，光是把手置於箱子的表面，亦能感覺到一股奇妙的波動。

是箱中被封印已久的怪物正蠕動著？

還是她雀躍的內心使手掌抖動？

在父親生前，似乎常常打開這箱子，皆因它放在明眼處，而且表面連一粒塵埃也沒有。折射著怪光的箱子側面，還因為撞擊而凹陷了。

＊＊＊

方嘉兒雙眸發亮，打開箱子……

裡面沒有動物的屍體。

也沒有人類的斷肢。

——只有一堆泛黃的黑白照片。

大概是在戰後拍攝的吧，黑白照片的邊緣還有些可愛的波紋花邊，像枚郵票一樣。

照片中大多是父親的舊友，方嘉兒認得其中一部分的面孔，因為他們都是來訪家中的常客。

＊＊＊

父親平日沒工作時，總愛叫一大群酒肉朋友來家中，開煙酒派對。

方嘉兒依稀記得小時候，她最討厭聽見那群人穿越前庭到達玄關的噪音，彷彿是末日倒數，漫長難耐的一段距離。

一聽見門鈴響起，那群人一湧而入，進軍她小小的私人空間。

不久，客廳裡就會充斥酒味和煙霧，變得模糊不清。

即使是關上睡房門，掩住鼻子，亦阻擋不了那股濃烈氣味的入侵。

幸而，後來父親身體出了狀況，精神不濟而經常臥倒在床，於是那種場合亦因而減少了。

難得重新霸佔這小天地，但自己卻成為了喫煙者，和當年那群豬朋狗友沒兩樣。

大概因為寂寞吧，失去之後才發覺缺少煙味的生活很空虛，因此自己製造氣味來填補。

到頭來，她已經逃離不了童年的陰霾。

這三十年，一直活於名為命運的框架中……

＊＊＊

方嘉兒坐在窗檯，把箱子置於膝上，看那一幀幀脆弱如枯葉的照片。

輕輕地捧著父親的過去，回顧他們坐在大廳吃飯的場面，還有在郊外遊玩，男男女女相擁親吻的親密照片。

當中不乏陌生面孔，有不少外國人。

由於父親曾經到英國讀書，因此認識了不少金髮美妞。

然而，其中有一塊輪廓，與其他人截然不同。

方嘉兒放大瞳孔，讓那照片的形象深深投映在她的眼窩內。

那是一位深色鬈髮的美女，有一雙長睫毛的黝黑眼珠。她雕刻般的輪廓，富有北歐血統味道，而她身穿的蕾絲長裙確實有當年英國的經典風格。

外表年紀大約二十來歲，青春的臉上絲毫沒有衰老的痕跡，光滑無瑕。只有一顆痣，點在左邊臉頰。

她斜睨方嘉兒，倚在一張有精緻雕刻的木椅上，左手架在椅背，對鏡頭嫣然一笑。

頃刻，時間靜止了。

方嘉兒默然與照片中的女性四目交視，穿越時空，窺視照片裡的世界。

突然，她有種似曾相識的感覺。

這個女人。

她認識。

吸引方嘉兒的除了這位女士的長相，還有別的原因。箱中的其他照片均有父親的身影在內，唯獨這一張，只映著女人一個人。而且她坐著的椅子，好像在哪兒見過……

忽然，她靈機一動。

對了，是父親寢室的椅子，他總愛在入睡前坐在上面看書。

為何那女人可以自由進出父親的睡房？照相的人是誰？怎地父親一直保存著照片？

多如星宿的疑問湧現，方嘉兒無法制止思潮。

在腦海內瘋狂翻查，想知道該女人是否曾經映入她的眼簾。記憶，現在又是否掉落在腦內的某個陰暗的角落。

可惜，窗外的太陽已開始在海面翻騰，她不得不歸去。

嗜殺 基因

／三／

她喜歡和死者對望。

因爲她能從一雙雙瞳仁中，透視他們的經歷。幻想自己成爲殺人兇手，目擊每一位死者雙目失去希望之光的剎那。

祖屋的雜物已封了箱，包括看畢的病歷，方嘉兒把箱子放到車尾箱運送回現在的家。其他垃圾亦分類好了，將會安排工人去處理。

可是，有一樣東西，她無論如何也想不出正確的處理方式。

該是封好收藏，還是扔掉？

最終，她決定暫時把它留在身邊。

——外國女人的獨照。

＊＊＊

在駕車途中，嘗試尋找記憶的碎片，無限遍，但都找不出那份奇特的熟悉感從何而來？

其實那女人的五官算是平凡，對於亞洲人而言，每一位外國人都是差不多的樣子。只不過是長得比較漂亮的外國女人罷了，也許走到街上隨便也能找著一個與她相似的人物。

但是，那個女人的微笑，卻如烙印在她的腦海般，揮之不去。

為甚麼……

突然讓她碰到這視覺盲點般的東西，令她感到惴惴不安。但無可奈何，只好暫時擱置思考，回家。

把照片留在身上，是因為她無法輕易割捨這第六感、直覺、靈感，或者說最深層的記憶。

＊＊＊

方嘉兒打開家門時，門燈已經亮著。

是兒子，他回來了。

爬上樓梯，來到兒子的房間，微開的門扉透射出黯淡的黃光。

方嘉兒輕推開門，看見兒子背對著門口，伏於書桌前乖乖地在寫功課，她不由漾起笑意。

失去所有東西的她，現在只剩下兒子能成為唯一的安慰。

連她自身，亦不知何時會像沙丘般，忽然因一陣暴風而崩塌。

可能是下一秒，就隨風而去。

唯獨此刻能注視著他的背影，守護他，作為一位母親。

雖然不知道這幸福日子能持續多久，但在被神發現她所犯下的罪孽之前，就讓她在漆黑之中咀嚼這點甜蜜吧。

因不想驚動專心做事的兒子，方嘉兒靜悄悄地回到樓下一層。

她看看大廳的掛牆鐘，在準備晚餐之前，她決定先洗個澡。

邊脫衣服，邊走向浴室，把髒衣服投放進污衣籃中，卻看見裡面有一件校服。

她愣了一愣。

然後把校服從污衣籃中撿起來……

真奇怪，明明今早才把乾淨雪白的校服給兒子穿上，為何這件白襯衫上卻滿是泥濘？而且有好幾處破洞，手袖和胸前還有一斑斑的黑色污漬。

方嘉兒趕緊穿回上衣。

手執校服，急步爬上樓梯。

回到兒子的房間時，立即與佇立門前的他面碰面，兩人險些撞個滿懷。

方嘉兒嚇得退後，踏到自己的後褲管差點失足，踉蹌幾步。

兒子一手扶住她，卻沒因她的失態而表現驚訝。反而呆然注視著她的眸子，似乎早料到她會折返。

「媽媽，你沒事吧。」

「我、我沒事……」

方嘉兒喘噓噓的，然後借助兒子的臂力扶正了身體重心，尷尬地捋一下凌亂的劉海。

正當她要再次開腔，卻發現兒子的視線已轉移別處。他盯著她手上那件髒兮兮的校服，默不作聲。

「這個……」方嘉兒把衣服遞到兒子的面前，「怎麼弄到又破又髒的？」

「對不起……」

兒子眨眨眼睛，然後以坦率的語調說：

「我和朋友打鬧著，回家的時候不小心跌倒了。」

方嘉兒凝視著兒子的雙眸，想從他微弱的心理動搖間找出些端倪，他卻無畏無懼地回望她，那直勾勾的目光反倒令她收回了眼神。

她捏著校服，摸摸臉頰。

「……還有多一套校服，我替你熨燙一下，明天別穿這個了。」

「嗯，謝謝媽媽。」

她掉頭走，下了兩級樓梯。回首，發覺兒子還在睡房門前追視她。

「怎麼了？」她問。

然而，兒子沒回答問題，只是但笑不語。

方嘉兒頓了一頓，「很快有晚飯吃，你先做作業吧。」

然後，她慢慢下樓梯，消失在他的視野裡。

＊＊＊

濃濃的飯香以及頭頂一盞照明燈，像糖果紙般把他倆包裹在餐桌範圍裡，除此以外的地方，漆黑一片。

住在這種山區，一旦入夜，寧靜就會把人誘拐到不安之中。

縱然生活在這繁華的都市，天天喊著人口爆炸，唯獨此刻，整個世界只剩下他們兩母子。

重複無數次的晚上如常來臨，但今宵的黑夜，卻像是徹底滲透著方嘉兒的臟腑，彷彿把一張白紙放進墨水中，身體迅速吸收變成墨黑。

方嘉兒拿筷子，攪拌碗中物。被潑上番茄汁的飯粒，雪白染上無情的鮮紅，罪魁禍首是她。

筷子與碗邊碰撞發出「叮噹」聲響。

她忽然想起，骨頭被打碎的聲音。

四肢與身軀分離的斷面，肌肉與骨骼組成的紅和白。

還有落在地上初雪似的牙齒。

她咬唇，為終止妄想而放下筷子，卻看見沾在指尖的一點茄紅。

瞟一眼隔桌而坐的兒子，他似乎沒發現媽媽的異樣，正埋首扒飯。

在一個毫不知情的人面前，偷偷摸摸地回味那些場面很可恥吧。已經走到如斯田地，必須笑到最後，否則就會前功盡棄。

於是，方嘉兒對兒子扯開了笑靨。

「最近在學校，還可以嗎？」

雖然她食慾不振，但還是裝個模樣拿起了筷子。

兒子沒作聲，夾了一塊肉放進口中。

「對不起，今天特別忙，晚餐準備得比較晚。」

「媽媽今天去了公公家裡收拾東西嗎？」

「是的。」

說罷，她在桌下悄悄伸手到口袋裡去，像是確認了甚麼之後，把手抽回。

「今天搬了許多東西，塵埃又多，好像把十年份的運動量一併消耗似地——」

「媽媽最近很辛苦的樣子呢……」兒子認真兮兮地注視著她。

被打斷說話的方嘉兒，怔了一怔，然後回應：

「嗯……」

方嘉兒那雙筷子懸浮在半空，想挑選碟中的菜心，卻下不了手。

「一個人很寂寞吧？」

話鋒一轉，她這樣反問兒子，但堅定的眼神卻沒打算迴避。

兒子聽見她的話，搖搖頭。

「……爸爸不在了，」她用眼神試探他的反應，「會不習慣嗎？」

「他到海外出差吧。」他微笑著，「我們兩個人，也很好。」

此句話，猶如富有魔力的咒語，瞬即把方嘉兒心坎的黑暗掃清。他們不需要更多言語，因為他們血濃於水，自然心有靈犀。

＊＊＊

鋼琴聲在星空下化作無數光粒，繚繞整棟房子。

每當聽見這清脆的琴音，方嘉兒內心就會出奇地平和，猶如時光倒流，返回兒時。所有的抑鬱、不安，都會被童年的純潔重新漂白。

在書房的方嘉兒邊聆聽著一樓傳來的鋼琴獨奏，邊走近書櫃。

整間書房四方八面都被資料和書籍團團包圍著。

她用指尖指向書脊，掃視，似乎在尋找指定的目標。

在琴音戛然休止的瞬間，她的食指亦停下來，指向一本書籍。

從架上把那本書拿出來，捧到手中，翻到目標的那一頁。

〈大紅花殺人事件〉——被稱為香港十大奇案之一，至今依然未逮捕兇手，是駭人聽聞的未解決懸疑案件。

＊＊＊

二十年前。

在新界元朗區水泥空地發現了一具全裸的女屍。

根據驗屍報告，死者生前受過長時間虐打和拷問，遍體鱗傷。

另一方面，屍身被攔腰斬斷，分為兩半。

然而，兇手卻完全沒傷到死者的骨頭，準確無誤地從第二與第三腰椎之間，把屍體切斷成兩截。

而上半身和下半身，漂亮地分開了6厘米擺放在現場。

在扔棄屍體時，兇手還特地幫死者擺了高舉雙手，手肘成直角的姿勢。

其中，被取出的子宮，如擺設品般完整無缺地放在屍體左手邊。

子宮的形狀與屍體本身的姿勢，一大一小，巧妙契合。

彷彿是兇手有意營造此畫面，讓人看上去把子宮和屍體的形象重疊起來。

此外，死者的嘴巴亦被切割到兩耳旁邊，像日本都市傳説中的裂口女般，浮現詭譎的笑容。

案件照片中的她，如在對拍照者綻開小丑式的笑容，使人毛骨悚然。

當中最為離奇的，莫過於死者全身的血液被抽乾，一滴不留。

可是，發現屍體時，死者卻躺在呈放射式的血泊中，猶如是兇手故意用血液於地面製造圖樣之後，才把屍體小心翼翼地擺放上去一樣。

由於血泊的形狀極像一朵大紅花，記者把此殺人案命名為「大紅花殺人事件」。

＊＊＊

真是太漂亮了。

這是她見過最美麗的屍體，人血綻放的花朵，多麼詩情畫意。

方嘉兒用白皙的指頭，撫摸印刷於書頁的資料圖片。雖然照片是黑白色，但腦部能自動把影像過濾，將適當的部分填充為血色。

每當凝視著這一幀幀照片，一股亢奮情緒都會湧上心頭，使她無法自已。

腦海盛開一朵朵紅花，伴隨琴音鳴動的空氣飄落，乘著節拍的漣漪浮散開去。

書中有一照片，是死者生前的單人照，裡面的她扯起一抹微笑。這笑靨與其後成為了屍體的她相比，實在漂亮自然得多了。

方嘉兒目不轉睛地注視著那幀照片，與她視線相觸。

有些人可能怕得連死者照片亦無法直視，但這種穿越空間的神交，卻令方嘉兒無比興奮。

她喜歡和死者對望。

因為她能從一雙雙瞳仁中，透視他們的經歷；幻想自己成為殺人兇手，目擊每一位死者雙目失去希望之光的剎那。

世間大概沒有比這更刺激的事兒了。

「大紅花殺人事件」中的死者，是英國富商的女兒。由於她天生麗質，因此曾成為不少美容商品的招牌模特兒。

生於那種高人一等的圈子，除了成為被人豢養的可愛動物之外，根本沒別的選擇。

從她天真的笑顏可得知，她對世界的殘酷一無所知。

被利用、傷害、剝奪，依然渾噩過活。方嘉兒能看見這樣的一名女子，曾經活在昔日的歲月裡。

那雙迷人的秋波，彷彿在向現世傳達著甚麼訊息。

看得入迷的方嘉兒，定神望了照片好一陣子。驀地想起甚麼似地，從口袋掏出那張外國女人的獨照，把它放在書頁上，和死者照片拼湊起來。

＊＊＊

是她！

長得一模一樣。

女人的名字原來叫 Danielle，丹妮拉。

＊＊＊

活於獨照中一度失去名字的她，重新獲得了方嘉兒的注目。

雖然照片中的她，面部角度有所不同，但無論怎樣看，那顆臉頰上的痣都證明著，兩幀照片中的人物是同一人。

為何父親會有丹妮拉的照片？

方嘉兒急迫地把獨照翻到後面，假若後面寫著日期，或者有鉛筆書寫過的痕跡……可是，現實無情地拒絕再透露任何情報，獨照中的女人依然停留在當日的美好。

她又驚又喜，在書房中來回踱步。

追溯自己的童年，是否曾經在某次煙酒派對上，與著名殺人事件中的死者擦身而過，見過一面。

慢慢地，興奮侵蝕她的自制力。

她倚在窗前，沒特定焦點地眺望窗外的風景。

終於忍俊不禁，笑了出來。

* * *

父親以前和那麼多名人交往，說不定，他和丹妮拉早就認識。在某次公開場合、舞蹈會，抑或是熟人介紹之下結識。

他們也許不是酒肉朋友的關係，看這名女子身家清白，教養很好，不像有酗酒的陋習。而且，父親如此珍而重之地保存她的相片，想必不止是點頭之交。能把她帶進寢室，想必關係非比尋常。

方嘉兒如此下了定論，確信父親和丹妮拉有過一段情。

一想到，自己小時候有可能曾與丹妮拉接觸過，她就喜不自勝，恍如見到偶像明星的小女孩，夢想自己能參與明星那人生中的一小章節。

再多點，再多一點情報……

她的嘴巴無聲地一開一合，在盤算著甚麼。

是的。祖屋裡的雜物說不定還埋葬著關於丹妮拉的物品，必須要重新仔細調查一次。

她心中暗忖，並用顫抖的手從煙盒摸出一枝煙。

本是優美的鋼琴獨奏，霎時間變得支離破碎。

斷斷續續的音符傳入耳孔，伴隨從煙頭飄出來的一長串白煙，入侵她滿是邪惡念頭的腦袋。

兒子仍然在樓下，如要喚醒前世記憶般，輕撫著琴鍵，繼續他的練習。

縱然指法生疏、笨拙，但他似乎已掌握到要領，從牙牙學語的階段，逐漸純熟起來。

孩子的成長，比她預期中更快。

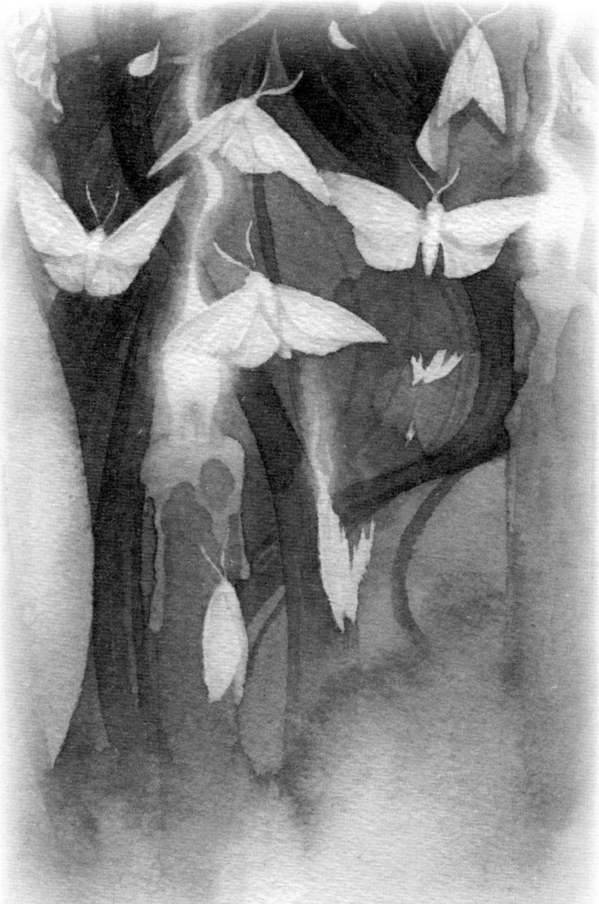

四

多少罪惡，是在毫無預警的情況下發生。

正正是平凡得已融入生活的東西，身分最爲平庸的人，
潛藏在他們體內的怪物，才更可能是超乎想像地猙獰。

月亮都生鏽了。

曾幾何時，古人抬起頭，看見的月兒是又白又圓的。

但此刻方嘉兒眼裡的月亮，已不再像昔日那麼可愛。她看見一斑斑的血，滴在蒼白的畫布上，像死人的臉。

慢慢侵蝕，一輪皎月被玷污。

月兒赤裸裸地暴露在大氣中，氧化，一下子生鏽了。

可是，為何生鏽的它看上去更加漂亮？

彷彿那是它最原始的模樣，它應該存在的樣子。

當完美的東西被破壞的時候，才會展現出最美的面貌。月兒教會了年幼的方嘉兒這個道理。

＊＊＊

幽暗的月光下，一個熟悉的身影浮現在黑夜中，成為剪影，化作她眸裡的眼黑。

她徐徐挪動腳步，恍如被幽靈呼喚，六神無主地移向前方。

花槽裡有一大團盛放得燦爛非常的紫羅蘭，香氣隨夜風瀰漫，像麻藥般，麻醉著每一條神經……

然而，其中卻混雜著複雜的氣味。那是當年只有九歲的方嘉兒，所無法理解的氣味。

她抱著肩，走向花槽，要用自己雙眼確認那是甚麼東西。

正當她要認清那黑影的真身時，忽然，腦袋像是被刀子一點點割開般，頭痛至極，極端痛楚使她出現幻覺。

化作幻影的父親突然出現在她背後，如黑夜中浮現的鬼魅似地。他從後方擁抱著她，以臂彎把細小的她嚴嚴實實地裹在固定範圍裡。

冷。

但這動作反使她更惶惶不安，因困在懷裡的她能感受到父親身體傳來的冰冷。

父親的嘴巴張開，又閉上，在她的耳畔說了些甚麼話兒。她拚命反抗，只是年紀尚小的她根本毫無招架能力。

逃不掉，一輩子也逃不掉。

＊＊＊

她不想再記起來了。

晃動頭部，努力讓記憶淡出，把邪魔逐出腦海。

＊＊＊

「媽媽。」

一晃眼，呼喚聲拉方嘉兒穿越時光隧道，回到現實。

她循聲望去，看見一臉無辜的兒子隔桌坐於對面，伸手過來搖晃她虛脫如脫臼似的臂膀。

她瞄一眼窗外，白晝的陽光正肆無忌憚地透過薄紗窗簾撒進屋內。月光甚麼的，早已淡出整片天空了。

方嘉兒用手指甲敲著餐桌，定睛於自己面前的早餐，卻全無開動的意欲。

大概是看見母親神不守舍的，兒子眼裡閃過一抹忐忑不安。

察覺到兒子的視線，她立即把笑臉掛起來。

「對不起……走神了。」

瞅見兒子面前的餐盤已空無一物，她笑一笑說。

「吃完了？把東西收拾一下，我們要外出呢。」

她從座位站起來，一手拿兩個餐盤，另一手順便把桌上的兩套刀叉集合起來，然後轉身走向廚房。

對座的兒子亦離開了位子，收拾桌上剩下來的空杯子，繞過餐桌，尾隨她一同到廚房去。

「謝謝。」

她慈祥地笑著，摸摸他的腦袋。

「今天是你的生日，你想去甚麼地方？遊樂場？公園？對了，還要給你買禮物呢。這陣子一直忙東忙西的，都沒空陪你，今天一定好好補償。」

「我想去百貨公司。」

「也好。可以順道到超級市場買好吃的作晚餐呢！好吧，快去準備。」

方嘉兒拍一拍兒子的肩，示意要他更衣外出。

兒子沒有十分雀躍，露出一貫木訥的神情，只微微點一下頭作回應。

在爬上樓梯之前，他特意於飼養小青蛙的水缸前駐足，並以目光如炬的大眼睛注視正於裡面休歇的牠。

他花了大約兩分鐘，目不轉睛觀察牠每次呼吸時，胸前的鳴囊脹大、縮小……

然後，他豁然開朗，對小青蛙咧嘴一笑，方心滿意足地摸著扶手，上樓去。他的右手的食指與中指，彷彿在彈奏一首輕快的鋼琴曲，於扶手上歡悅起舞。

＊＊＊

可能由於太久沒兩母子出外逛街，即使是平日寡默的兒子，今天亦特別變得多話。坐在車上聽音樂時，他會哼唱一小節；走在百貨公司裡的腳步，亦輕快如舞者。

彷彿是久違地被主人帶出門散步，缺乏運動的狗兒。作為母親的方嘉兒能看出來，他的一蹙眉一微笑，亦充滿解放的喜悅。

是上中學之後壓力大了嗎？

於這一點，方嘉兒毫無疑問。現今的教育制度無疑是想訓練一群軍用機械人，投入資本社會角逐金錢和權力，恰如上戰場殺戮的新鮮人。為此，即使在淘汰的過程中把小孩的世界弄得腥風血雨，亦在所不惜。

無力的孩子在大人眼裡，只是能隨心所欲擺佈的道具。

本應如此。

＊＊＊

兒子牽起方嘉兒的手，帶她遊走在百貨公司內的玩具樓層，林林總總的玩意兒掠過眼前，扭蛋機、變身腰帶、美少女手辦……

看見玩具的功能，對於孩子而言，飛天遁地，沒甚麼是不可能的。

大家都說，孩子的未來有無限可能性，但這說法，似乎只囿於此種虛幻世界中。

穿越那群圍在電視機前試玩遊戲的孩子之後，兩人來到販賣模型的區域。

此時，兒子終於釋放了她，看來已到達他心目中的目的地。

「怎樣？逛了這麼久，還沒選好該要甚麼玩具作生日禮物嗎？」

兒子笑而不語，領頭帶她再走深入一點。

那兒有一個呈九十度直角的角落，從地面到天花板，放滿了大大小小的噴漆及油筆等，製作模型必需的工具。

然後，兒子伸手，在視線與他呈水平的貨架上，拿下一罐藍色噴漆。

「這個。」

兒子罕有地，對母親粲然一笑。

「這個買來幹甚麼？你家中不是沒有模型嘛，近來開始迷上了？」

兒子搖頭，「不是。」

他閃動著雙目，語調帶點亢奮地續道。

「是功課用的。美術科的作業，要我們做個可愛的卡通模型。」

「用甚麼做？」

「氣球和報紙，把膨脹的氣球以白膠和撕碎的報紙密封，然後弄破裡面的氣球做外型。最後再貼上一層紙，上色。」

兒子雀躍地向她解釋製作的過程，大概因為他對藝術方面較有興趣，所以當提及這種話題，他就會精神抖擻。

不過，在方嘉兒的角度，聆聽兒子說明整個製作過程，感覺就像利用無知的孩子把活生生的人強行製成木乃伊一樣，天真而殘酷。

方嘉兒頓了一頓，瞇起眼睛慈祥地笑著，問：

「今天要挑你的生日禮物，這一小罐噴漆真的夠嗎？」

兒子齜牙笑道，「夠了。」

「假若是買來做功課的話，額外買也可以。」

「媽媽，真的，我沒甚麼其他想要的，給我買這個就行了。」

她以眼神再次向兒子確認，但他依然是堅定不移的樣子，於是她垮下肩膀，攬住兒子說：

「好吧，如果你覺得沒問題……」

她從錢包掏出一張紙幣，塞到兒子的掌心，「拿去結帳吧。」

「多謝媽媽。」

語畢，兒子急不及待地跑走，留下方嘉兒獨自追視他的背影。

＊＊＊

尾隨跑走的兒子，方嘉兒信步行走於貨架之間，沿途掃視兩旁的商品。走出模型販賣區，兒子已消失了蹤影。環顧四周，牆上有一面指示牌告知客人收銀處的所在地。

想不到收銀處位置那麼遠，不知他會否迷路。

想了想，方嘉兒拍著胸口，試圖平伏自己的心情。他今年已經升中了，是時候自立，作為家長過於憂慮只會造成他的壓力。

於是，她慢慢依指示牌走向收銀處。進入女生玩具的區域，看見左手邊的層架上放滿了美輪美奐的芭比人偶。

方嘉兒止步，雖然她已不年輕，但體內的靈魂曾經活過一段青蔥歲月，那時候的喜悅永遠不會被遺忘。

她拿起其中一具芭比人偶，心中一凜。

那具人偶擁有駱駝般濃密的睫毛，發紫的嘴唇，以及青白的臉蛋。包裝盒子上寫明，這是「吸血鬼特別版本」，另一邊還有「哥德式版本」。

現在的孩子都喜歡這種標奇立異的設計嗎？

＊＊＊

生於廢除戰爭之後的平和社會，孩子見慣了幸福的人們。大概由於這樣，他們都追求更刺激、更瘋癲的東西。像這般齜牙咧嘴、一副惡形惡相的人偶，自然而然成為了他們覺得炫酷的對象。

可是，他們根本不明白真正的狂氣。

有人說過，愈普通的人愈適合做間諜，因為沒人會留意不起眼的他，那就不易起疑了。

照這個道理，最優秀的殺手不一定身上有刺青，臉上打孔，顯而易見像個變態般滴著口水的人。或許是個外貌毫無特徵，穿最簡單衣著的普通年青人。

他會在你盯看手機熒幕沒留神時，以刀子深深刺入你的背脊，切斷尾尻骨，扯去頭皮，打碎頭蓋骨，最後獰笑著，把你的腦袋捧在手心把玩。

多少罪惡，是在毫無預警的情況下發生。

正正是平凡得已融入生活的東西，身分最為平庸的人，潛藏在他們體內的怪物，才更可能是超乎想像地猙獰。

＊＊＊

方嘉兒放下了那人偶，正要離開，眼角卻捕捉到甚麼似地再次停步。

在她面前，是極其普通的芭比人偶，最原始的，穿著公主服的設計。

然而，這平平無奇的人偶，卻驅使她的潛意識行動。她伸出纖長的指尖，觸碰那人偶的包裝表面。

人偶擁有一雙藍眼睛，正筆直地回望包裝外呆立著的方嘉兒。它深邃的瞳仁，恍如一條黑暗的甬道，把與它四目交視的所有人吸進異世界去。

＊＊＊

那年，年幼的方嘉兒有一具很可愛的芭比人偶，是八歲生日時媽媽送她的禮物。

怎料生日過後，母親就被長年病患折磨至死，口吐白沫臥在家中的床上。

生日禮物，成為了母親的遺物。

因此，她珍而重之地保存著人偶。每天抱著它入睡，只在最信任的朋友家寶面前，才肯把它拿出來玩耍。

事隔大約一年，方嘉兒剛滿九歲。

縱然她的歲數十個指頭也能數清，但季節流轉，已令她的瞳仁隨花開葉落變色。

她注視世間萬物的目光，一百八十度轉變了。沒人能預想到這改變，包括她自身亦無法想像自己會變得如此麻木不仁。

唯獨父親，他是唯一知道女兒正慢慢蛻變的人。

如蝴蝶經過死寂的蛹期，終於破蛹而出。

他一直監視著女兒的成長。不，也許是他製造了催化劑，使她更早成為他的同伴，飛往新世界。

＊＊＊

真開心，真開心……

方嘉兒一如往常與媽媽送的人偶作伴，玩家家酒。

可是慾望，卻赤裸裸地暴露在她的眼色中，甚至霸佔本應天真無邪的思維。

抑止不了，一股衝動湧上心頭，她把人偶身上的粉紅色公主裙扯下來，讓它雪白的肌膚坦露在白光燈下。

她從上到下，鉅細靡遺地觀賞人偶的軀體。

明明只是兒童玩具，但凹凸玲瓏的軀體看上去卻帶點色情。當時方嘉兒仍是女童，對於已發育的女性身體有一種無法排斥的憧憬。

全神貫注地注視了好一陣子，幻覺開始產生。

她似乎看見了人偶的真身，那塑膠製作的光滑表面下，有甚麼東西正如蟲子蠕動。是血管，動脈、靜脈，於血液流動的一刻顯現真身。

她快要望穿人偶的軀殼了，她逐漸覺得，遍佈全身的微絲血管要比一把金色秀髮美多了。然而，即使她盯看多久，慾望卻未能得到紓緩，微妙的情感波動牽動著她作出之後的舉動。

把人偶放在桌上，她兩手各拿一邊，抓住人偶的左右手，使它靈活的關節擺出大字形的姿勢。

歡樂派對正式開始！

首先是左手、右手，再來是左腳、右腳……

斷掉！

斷掉！

斷掉！

斷掉！

可是，人偶仍然是笑臉迎人。彷彿停留在與白馬王子起舞的夢境裡，幸福非常地倒在桌面上。

看不順眼的方嘉兒，噘著小嘴，抓住人偶的頭顱，一扭，扯了下來。

現在只剩下身體了。

沒有表情，沒有四肢，看似單調的胴體，卻能激發無限的想像空間。

她舉起右手。

渙散的雙眼偶爾望向自己的手心，突然，看見黏答答的血從掌心滲出來，漫延，最終從指隙滴下，流遍一地。

她又舉起左手，來回巡看兩邊，血不知從何而來不斷滲出。彷佛是體內的所有血液，正從她皮膚的每個毛孔擠出來。

她慌亂地拿起紙巾，使勁擦拭手心，血卻在上方留下鮮明的痕跡，無論怎樣擦，亦無法變回乾淨。

天旋地轉……

剎那間，她被捲入無垠的恐懼之中。

＊＊＊

方嘉兒把八歲時某天的記憶，如沖曬菲林底片般，漸漸讓它浮現出來。

怒放的紫羅蘭下，一隻蒼白的小手徒然從泥土伸向天空，彷彿在對老天爺求助。然而，被埋沒在地下的人兒，根本無法得知自己已是回天乏術。

靈魂已徹底遺棄此空殼。

突然，方嘉兒聽見背後有些風吹草動。

她回首，驚愕一瞥——

＊＊＊

又回到一年後的現實。

面前只有肢體四散的人偶，以及爸爸如鷹銳利的目光。

「對不起……」

小小的方嘉兒縮起肩膀，眼頭又熱又紅。

「對不起……我把人偶弄壞了……請原諒我吧。」

但是，父親竟一反常態，仁慈地把粗糙的大手放在她的頭頂，摸一摸。

「沒關係，壞掉的話再找一個就行了。反正，世間有足以玩上一輩子的人偶，輪流等著我們陪它們遊戲。」

＊＊＊

可能是過往十多年最寧靜的一晚，兩母子坐在餐桌前，在飯後吃著生日蛋糕。蠟燭表明著孩子的年齡，一想到兒子長大成人，這一家又終於脫離了暴力的魔爪，方嘉兒不由莞爾一笑。

「好吃嗎？」她問相對而坐的兒子。

「嗯。」他大力點頭，吃光碟上的東西後，站了起來。

「怎麼了？」

「今天是生日嘛，所以要給媽媽送禮物。」

方嘉兒不明究理地歪頭，「是你的生日，怎麼送我禮物呢？」

兒子跑到三角鋼琴前，打開了琴鍵蓋。

「因為媽媽把我生下來很辛苦嘛，所以生日應該跟媽媽說，恭喜你。」他瞇著眼睛笑了，眼珠如星辰般迷人地閃動，「我從書上讀到的，孩子生下來最辛苦的是媽媽。」

話音剛落，他開始彈奏一首生日歌，似乎是在表演前作熱身。

方嘉兒聽著，眼眶噙住熱淚，以模糊的視線望向兒子所在的方向。

「我生為媽媽的孩子，真的很幸福……」

所以，不可以讓任何人來破壞，這個從今以後只有兩位成員的溫馨家庭……

方嘉兒彷彿聽見兒子的嗓音，在風中呢喃、顫動。

然後，他把雙手放到琴鍵上，開始演奏。

是《動物狂歡節》，組曲中的第十三首，題為〈天鵝〉——The Carnival of the Animals，Le cygne（The Swan）。雖然樂曲本身為室內樂，由多種樂器演奏，但把它編成鋼琴獨奏之後，亦別有一番風味。

不知不覺間，兒子已懂得彈奏如此高難度的樂曲。

方嘉兒托著腮幫，眼角盈著淚水，陷入了回想。

* * *

方家祖屋亦有一座白木製的三角鋼琴，不止是裝飾，她的父親還喜歡在客人來訪時彈奏一曲。鋼琴曾經是他的夢想，是他人生的起點。

八歲時，父親被發現有彈鋼琴的才能，到海外受名師教育，十歲時已在海外開第一場獨奏會。大人們就是喜歡這種小孩，把他稱作神童公開，又能攢一筆錢。

然而，這些名譽、光榮的背後，往往存在食人的圈套。

當發現他的智商比愛因斯坦還要高的時候，美國一所名門大學立即邀請他跳級升學，那年他才十四歲。

面對複雜的人際關係，加上他是個華人，不多不少也會受亞洲面孔特有的歧視。

嘗過孤立和欺凌的滋味後，他放棄了鋼琴。一來，他已經長大了，不願意再受大人的擺佈；二來，他不喜歡鋼琴為他帶來神童此稱號。

因此，他走上了別的道路……

活在異鄉，每天見不了親人，孤獨而年青的心終於驅使他向麻藥出手——直至他去世前，依然有此毒癮。

＊＊＊

偶爾在晚上，當方嘉兒獨個兒閉上眼睛，會幻想自己成為了父親。

＊＊＊

縱然毒品曾為他帶來多少慰藉，他仍會在獨自待著的晚上，忽然感覺空虛。

藥後，迷走在界線模糊的天地間，所有的人和事，包括與醉漢大打一架後所帶來的痛楚，亦不足令他有絲毫的感情波動。

也許他在飄流海外的同時，把心也留在不知哪裡的遠方。

服食過多的藥物，使他五感麻痺。日與夜，善與惡，原來的價值觀都會墮落至混沌之境，瞬即崩解。

對於周遭的影子，那些漸漸融化於空氣中不成人形的魅影，他開始以好奇的目光注視他們。

眼睛骨碌地四處張望，不斷轉移眼神追擊對象。他們的拳頭吃進肉裡的速度，每個毛孔散發出來的氣味，都使他昏頭轉向。

亢奮。

經歷長時間的沉睡，年輕時代的父親體內，彷彿有甚麼突然覺醒了。

然後，他在大學裡轉修了醫學。只有透過學習，他才能更了解那些似乎是外星生物的人類。

每分每秒，人們燃燒著短暫的生命，換來閃爍的一生。X光照片裡，每一條骨頭的形狀都彷彿像一根火柴，使他想逐一拆除，再重新組合起來，彷如玩積木遊戲似地。

人類在他眼中，已成為永不厭倦的玩物。

他已泥足深陷，必須不斷觸碰，才能滿足那股原始的慾望。他愛人類，也恨人類，這就是終極的愛情吧。

＊＊＊

方嘉兒愈陷愈深……

腦海內，形形色色的動物，都化作皮影戲裡的一個影子，舞動身姿，活潑地躍進她的視界中。

可後來，出現了一頭肉食獸。

牠把狂歡的動物一一抓住，大口大口地放進嘴裡，把牠們連骨吞掉。

再抓來一隻！

撕裂它！

咬斷脖子！

血——

一斑斑沾在幕上，透過背光，把血痕不規則的黑影映在方嘉兒的臉上。

她用滿佈血絲的雙目注視著肉食獸的外形。

那是個有四肢的靈長類動物，二足步行。長及腰的頭髮在舉頭吞嚥動物時，粗暴地鞭打在幕上，發出噠噠的巨響。

突然，佈幕支撐不住，滑了下來。

把背後真實發生的，最殘酷的場面展現眼前。

＊＊＊

叮——！

演奏以一聲清脆的琴音作結，喚回方嘉兒游走四方的魂魄。

「媽媽……喜歡嗎？」兒子瞇著眼睛，笑問，想必沒有察覺媽媽走神已久。

「嗯，很棒的一首曲呢。」她虛弱地笑著，「這麼難的曲子，你練習了很久吧？」

兒子搖頭，「不會，才一個晚上罷了。」

語畢，他若無其事地迴避方嘉兒驚愕的視線，把手放回鋼琴上，輕撫著琴鍵，又演奏了一曲。

方嘉兒承受著一搥又一搥，如在敲打她頭蓋骨般的琴音，抱肩，全身寒毛直立。

她盯視眼前的兒子。

怎麼他的側臉看上去愈來愈像父親？

兒子幼嫩的肌膚，纖長的睫毛，使她憶起那年的人偶——她最好的玩伴，最終還是葬身地下，永遠於黃泉尋找自己七零八落的肢體。

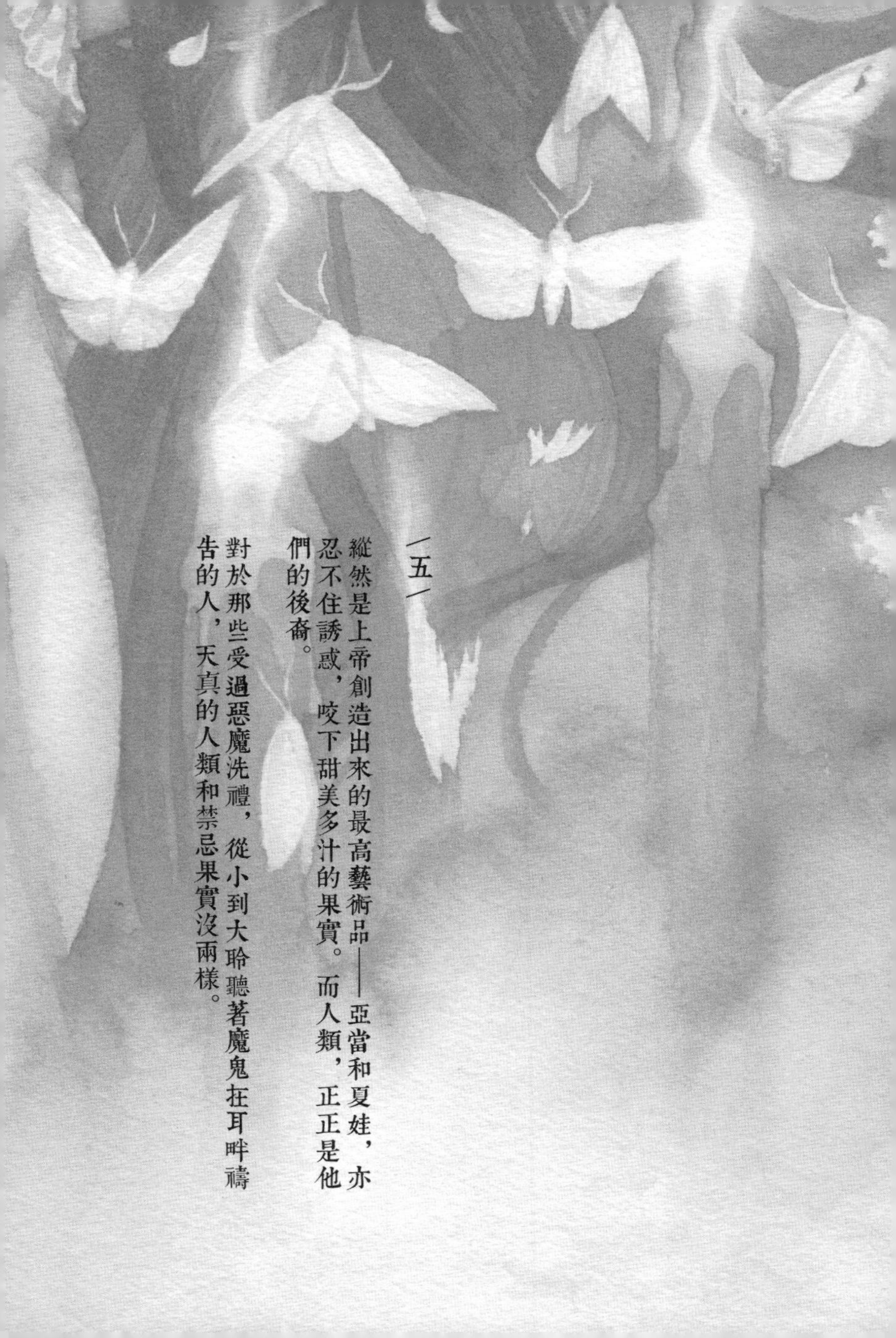

／五／

縱然是上帝創造出來的最高藝術品——亞當和夏娃，亦忍不住誘惑，咬下甜美多汁的果實。而人類，正正是他們的後裔。

對於那些受過惡魔洗禮，從小到大聆聽著魔鬼在耳畔禱告的人，天真的人類和禁忌果實沒兩樣。

「殺人是一門藝術。」

——從前，方嘉兒看過某本書這樣寫。

不過當事件真實發生在自身時，情況完全和想像中不同。

藝術家一生下來並非為了生產藝術，而是他本身就是藝術的一環。本能，才是殺人狂的本質。

殺人，不是為了創造，更不是為了破壞；而是由於渴望快感，如毒品般只嘗過一次就會停不下來的禁忌果實。

縱然是上帝創造出來的最高藝術品——亞當和夏娃，亦忍不住誘惑，咬下甜美多汁的果實。而人類，正正是他們的後裔。

對於那些受過惡魔洗禮，從小到大聆聽著魔鬼在耳畔禱告的人，天真的人類和禁忌果實沒兩樣。

當用利器割開他們的喉嚨時，泉湧出來的血色果汁，會令他們瘋狂。只喝過一口就會無法制止，不惜一切代價也會繼續下去。

是的。

方嘉兒生下來就是罪人，而且她還在原罪上加上新的罪行。但她遺傳著嗜殺族的基因，情不自禁，也不能自已。

她嘗過快感，聽過打碎肋骨的聲音，包括自己的，還有她丈夫的。她沒有父親的天才，也沒有他的力量。即使知道方法，她依然只能用女人的蠻力把對方擊倒。

以自己雙手打破局面，大概沒有比這更令人振奮的事情。

凝望匍匐在地，苟延殘喘的他，體內的血液就像剎那間到達沸點般，冒泡翻騰。

深埋在她基因內的甚麼東西，旋踵被喚醒……

她徹底把靈魂販賣給魔鬼了。

但她怎料到，魔鬼會在得到她的全部之後，轉移目標，向她身邊的人招手。

——兒子。

她的寶物，這世上唯一不容許被污染的存在。

＊＊＊

清晨的陽光愈發強烈，投射在牆上的光斑逐漸擴張……

方嘉兒從噩夢驚醒！

窗外有隻黑色鳥兒正抓住防蚊網，傾斜身體掛在窗上，向屋裡的她怪叫。她莫名其妙地回望那隻鳥兒。忽然，牠一展翅便飛走了，剩下防蚊網在微弱地顫動。

臥在床上的她摸一摸後頸，發覺自己汗流浹背。

又發夢了。

床單黏著濕淋淋的身體，怪難受。

於是她趕緊起床，離開那總是在夜間悄悄帶她前往另一片天地的怪物。

＊＊＊

煮好早餐，打開電視機看新聞。

方嘉兒邊捋著劉海，邊踱步徘徊，她在等待兒子出現。然而，電視中的天氣報道也完結了，兒子依然沒從樓梯下來，於是她向樓梯間叫道。

「早餐好了，快下來吃，否則要遲到啦。」

假若是平日，兒子一定會應聲，但今天樓上卻一片寂靜。

難不成他不在房間？

方嘉兒想了想，走向洗手間、雜物房，都沒見到兒子的蹤影。

回到大廳，突然她看見通往花園的門打開了一道隙縫。她撫著腦門，迎向東邊特別刺眼的日光，走出花園。

果不其然，兒子在花園裡。

他蹲身在枝葉茂盛的桑樹下，藏匿於樹蔭的光影中，在用手撥弄泥土。

見此，方嘉兒嘴唇發白，呼吸加劇。她揚聲向背對這邊的兒子說：

「有甚麼嗎？」

兒子赫然回首，怔住一陣之後答道。

「……沒有。」

「那你在幹甚麼？」

「是蚯蚓。」兒子扶著樹幹站起來，「一條很大很粗的蚯蚓。」

「沒事的話，快進來吃早餐吧。」

「哦。」

兒子走了幾步，回瞥。然後與方嘉兒擦身，走進屋內。

她斜睨兒子一眼，以白蔥似的長指頭掩上眼部，以阻擋過盛的陽光。指縫間，她看見桑樹下的一片土地被翻弄過，展現與四周迥然不同的顏色。

不知怎地，一股嘔吐感湧現。

她慌忙撤回了視線，關門，回到屋中。

兒子已坐在餐桌上咀嚼香腸，而電視機正播放今日的新聞重點。其中一宗，是屍體發現案。似乎有登山客上山時，於路邊的叢林發現被慘殺的男性屍體。

是棄屍？地點離這兒不遠……

「牛奶。」

兒子輕喚著，卻沒得到回應。由於方嘉兒此刻全神貫注地看電視，根本沒留意周遭的一切。於是，兒子再次輕聲呼叫。

「媽媽，沒有牛奶？」

方嘉兒聞聲望去，與呆坐在桌前的兒子視線相觸，並看見他面前那隻空杯子。

「啊……對了，一時之間，忘記給你斟牛奶。」

方嘉兒露出痙攣式的笑容後，拿起杯子，奔向廚房，好像害怕兒子從她的表情讀出甚麼情報。

他和父親有著相似的眼球，或許在遺傳眼睛的同時，也繼承了他的讀心術。自從意識到此一點後，方嘉兒免不了在他面前提心吊膽，即使是她的親生骨肉。

把冰箱打開，方嘉兒純熟地伸手把牛奶拿出來，然而，眼角卻捕捉到放置飲料的架上，有個空隙，剛好可以放一瓶支裝飲品。她記得很清楚，昨晚睡覺前這兒確實還有一瓶玻璃樽裝的蘋果汁，現在卻不翼而飛了。

方嘉兒捧著斟滿牛奶的杯，回到大廳，看見兒子吃得津津有味的，自己那分卻依然沒心機碰一下。

「這裡。」

方嘉兒放下杯子，兒子立即把牛奶拿起，咕嚕咕嚕地喝下去。然而，當察覺到她奇妙的視線時，他停止動作，沒理會嘴唇上方殘留的一片白鬍子，斜眼看向站在旁邊的她。

「果汁不見了。」她率先開腔，「昨晚明明還在冰箱……你知道嗎？」

他如坐針氈地磨蹭一會兒，然後說。

「是我喝的。」

「昨晚？」他大力點頭，「刷完牙之後？」

兒子把身子轉過去面向她，低頭，雙手置膝。

「對不起……因為晚上突然想喝，所以背著媽媽拿出來了。」

看見他坦誠道歉，她亦只能歎一口氣。

「下不為例。」

聽畢，他從位子起來，拿起背包，步向玄關。

「已經要出去了？」方嘉兒還在收拾碟子，嚇得一臉不知所措的。

「嗯。」他邊穿皮鞋邊説，「反正我沒事做，先出門了。」

「還有時間呀，我駕車送你上學吧。」

方嘉兒放下手頭上的東西，急匆匆地整理頭髮，卻發現自己還未化妝。與此同時，兒子再次開口。

「不用了，我想一個人上學。已經升中了，要是總叫媽媽帶我會被同學笑。你不是說想我學會獨立嗎？我自己坐小巴行了。」

「真的嗎？可是坐小巴很花時間……」

「別擔心啊！我不會出事的。」兒子向她綻放開朗非常的笑靨。

話音剛落，兒子就頭也不回地跑出大門。

無可奈何，方嘉兒只好尊重他的意願，留在大廳向他的背影揮手。

＊＊＊

方嘉兒呆然若失地把手懸空著，遲遲不會放下來。

剛才，那笑容，她實在難以相信是出自自己的兒子。即使他還是嬰孩的時候，也沒試過露出如此爽朗的表情。

她一陣失魂落魄，感覺兒子愈來愈陌生。縱然她曾十月懷胎生下他，但如今他倆已生疏如陌路人。像是有孤魂野鬼寄附在他身上，使他表現判若兩人。

不，我在想甚麼……方嘉兒暗忖。

兒子就是兒子，他從頭到尾都沒有改變過。是自己，在與那個人一刀兩斷之後變得奇怪了。現在竟然連最疼愛的兒子也開始懷疑，甚至把他與過往的夢魘重疊起來。

方嘉兒大力晃頭，繼續收拾餐桌上的杯碟。安置在一旁的飼養水缸，忽然入目。

「唉，他忘了餵青蛙才出去呢。」

她抿嘴一笑，總算有東西能讓她轉移集中力。

洗完杯碟，她走到水缸，並準備把飼料放進去，殊不知水缸裡空空如也，青蛙不見了，只有飼養道具空虛地擺在底部。

逃走了？

但水缸上方有蓋子，理應是密封的。

方嘉兒伏在地面，找了好一會，但都不見青蛙的蹤影。

這麼大的房子，要是真的逃脫了也很難找回來。再者，假若在露台門大開的時候跳到花槽去，就代表牠能夠逃到屋外邊的任何一個角落。

算了吧。比起這些，今天她要辦理一些後續事務。

＊＊＊

當房車再次通往同一路段，駛向祖屋時，癱瘓已久的時間重新流動，如倒帶般逆流而上，追溯回方嘉兒的過去。

絡繹不絕的行人和房車，把她擠擁上前，迫使她回去原點。

就連丹妮拉的照片，以及她家中記述著「大紅花事件」的書籍，都似乎是陰謀者的策劃，有意安排她回歸舊居的橋段。

多餘的東西已被處分，唯獨父親的雜物房，她還未准許任何人進入。

她要把房中的一切保持原狀，就算是裝潢亦不得作出些許變更。怕有人會發現她的企圖，縱然父親已去世，但假若被其他人進入房中，感覺會令丹妮拉那年代的灰塵都給抹掉。

待搬運工人都走了，留下方嘉兒一個人。

她背著天光站在雜物房前，又從口袋掏出那幀女人的獨照——犯罪史上最美麗的屍體，她的一顰一笑，都在誘導方嘉兒追查她的死亡真相。

兇手，或許只不過是一名無差別的殺人狂，他偶爾在街上碰見丹妮拉，覺得這女人長得不俗，把她折磨致死。

可事情沒這麼簡單。

案件中每個細節都如此細緻，彷彿從一開始已決定步驟，而他的殺人方式，更像是特地為死者度身訂造似地。

當年丹妮拉的死訊轟動全港，一家新聞傳媒曾經向她的好友進行採訪，報紙訪問裡的其中一句話，至今仍深深烙印在方嘉兒的腦海裡：

「丹妮拉生前最愛紅花，連洋服她都會挑紅色的碎花圖案。」

那一天，她平躺在怒放的紅花中央。彷彿在花兒成熟前，有一摧花使者驀地出現，把含苞待放的花蕾摧殘。還未來得及浴血重生，她的肉體已被一分兩斷了。

這場殺人是最美的讚歌，亦是完美的諷刺。兇手必須對死者有深刻了解，以及擁有崇高的情操，缺少任何一項都不可能造就此傳說。

還有一點，兇手必須擁有高超的外科技術。

擺放在現場的子宮是完整被切除出來的，器官的形狀和教科書中的圖片幾乎一模一樣，連接其他內臟的管道橫切面平滑，想必兇手定持有手術用工具。

以此能推測，兇手對人體構造瞭若指掌。特別是避過複雜的骨頭架構，把丹妮拉身體漂亮地分成兩截。單看這部分，亦能得知兇手是個有醫學知識的人。從殺人手法及現場佈置看來，兇手更絕對是位有強逼症的完美主義者。

丹妮拉是富商女兒，想利用她作為人質以達到目的的大有人在。她父親身為商人，每天與不同權貴交易，想必亦會得罪不少高官貴人。以這角度來看，她的死，始乎是預料之內。

然而，假如只視她為手段，不需要花那麼多工夫佈置現場。

如在五里霧中的方嘉兒，似乎慢慢見到曙光。

綜合各種必備的條件，範圍收窄，真兇的外形漸漸浮現出來。謎團將不再是謎團，她無意中領會到真相，世人仍被蒙在鼓裡之際，她獨自醒悟。

方嘉兒想也不想，匆匆忙忙地把雜物房中的物品重新配置，把已查看的放到左邊，準備翻閱的則放右手邊。她要把這地方找個翻天覆地，即使是一根較長的頭毛，也可能是重要證據。不為甚麼，只為了滿足寂寞的好奇心。起訴人是她，證人是她，法官也是她。這被四面牆頭包圍的雜物房，搖身一變，成為法庭。

而被告人，當然是父親。

兇手是認識丹妮拉的，甚至是和她有親密關係的人；而他酷愛人體，擁有博大的醫學知識。

只差一點……就能證實方嘉兒心中的確信。

她仔細地查看每份文件，不再以一目十行的速度掃視，她怕會有遺漏。

不久，決定性的證物終於浮面。

有了！

她睜大眼往一個鐵盒裡探，發覺裡面是父親上大學時的資料。其中有幾份都顯示他有接受過合計七百小時的外科醫學實習，內面還附有表揚狀。

表面在大學裡做個平平無奇的教授，事實上從未放棄對美的執著。因為覺得人的身體太美妙了，所以忍不住暗地裡為人醫治性病。她應該早察覺到，以他的天才沒一種醫科專門能難得到他。何況，他擁有如此豐富的外科經驗，要他剖開一個小女人，拿出生殖器官，簡直易如反掌。

方嘉兒虛晃幾下，然後扶住牆壁。

對，所有條件已齊集起來。

轟動世界的「大紅花殺人事件」，兇手是誰至今仍然成謎。而那個犯人的面孔，此刻已如完成一面巨大拼圖般，完完整整地呈現在她面前。

不知為何，她渾身脫力。霎時間分不清東南西北，在雜物房裡信步而行。

她的偶像，她的憧憬。

這些年來透過書籍、歷史穿越時空，和她分享同等價值觀與美學的世紀殺人鬼，竟然是與她血濃於水的人。

她心頭一凜，直打哆嗦，只能無力地回擁著自己冰冷的肩膀，試圖步出房間。怎料一失足，竟把堆疊起來的文件小山撞倒。白紙如雪崩滑下，散落一地。

面無人色的她俯看那些文件，一行文字映入眼簾——方洛伊，是母親的名字。

她蹲下去把文件撿起來，封面用紅印蓋章寫明「非公開」。

那是一份滿是黃斑的舊文書，日期是十多年前，大概在方嘉兒八歲的時候。

這年份，是母親病逝的那年？

她毫不猶豫翻開文件，腦部如吃了一記重拳般，再次受到打擊。

那份文件不只是死因報告書，還附有極詳細的解剖匯報，清楚列明母親每個部分的大小、尺寸，甚至有各器官的詳盡分析。她重看了好幾遍，才意識到這份其實是醫學院的檔案複印本。當年母親死後，被人送進研究院進行學術目的的解剖，而且執刀人之中還有父親的全名。

如果沒有親屬的許可，根本不可能對平靜去世的死者進行學術解剖。因她不是死於非命，理應不需要進行死因調查。

是父親，他安排進行此次解剖的。好像方嘉兒每次受傷後，被他放到床上仔細檢視一番那樣。他要佔有最愛的人的全部，從內心到身體。

想到這裡，方嘉兒再也不能自制。她抖動著睫毛，屈膝倒地。感覺自己又陷入更深一層的迷宮裡，可出口卻又如此明確，她不願意接受真相，不想走下去了。

走廊的窗外斜風細雨，她形單影隻地眺望前方模糊的風景，嘲笑自己的蒙昧無知。

濛濛細雨，有誰牽起她的小手，走進記憶的隧道……

＊＊＊

「為甚麼！為甚麼！」

細小的方嘉兒，以軟弱無力的拳頭攻擊父親的腹部，可他龐大的身軀，卻毫不動搖地把她容納在懷裡。

她仰首，那背著陽光佇立的父親看上去如巨牆一樣，密不透風。

這棟房子是人心的監獄，她無處可逃，只能聲嘶力竭地大吵大叫。

「我討厭你！討厭你……嗚……為何你要這樣做，她是我，最好的朋友……」

攬住聲淚俱下的方嘉兒，彷彿在安慰無理取鬧的壞孩子，父親以溫柔的嗓音說。

「因為我愛她，也愛你們每個人。所以我想了解她的髮色、鼻頭，每根手指的長度，眼球的大小，腦袋的形狀，還有……」

說著父親蹲下身，與身高矮小的方嘉兒平眼對視。他猶如看見世間最完美的玩偶，禁不住咧嘴而笑。

「你知道嗎，血的顏色每個人都不一樣呀。怎樣？很棒吧。」

父親幽幽的聲線再次響起，然後他咧開嘴巴。大開的嘴角似乎沒有盡頭邊際，一直拉開延伸，直至到達兩側的耳朵。

方嘉兒深深被那小丑般的笑靨嚇怕了，淚吧嗒吧嗒地滴下來。

「她想我殺死她，我是身不由己的。原諒我吧，嘉兒。終有一日，你會明白我的苦衷，我們每一個人都這麼深愛著你。」

他說完，露出滿口鋒利的牙齒，如兇猛的鱷魚，要在下秒鐘張口狂吞，把最愛的女兒投進胃囊裡消化乾淨……

嗜殺 基因

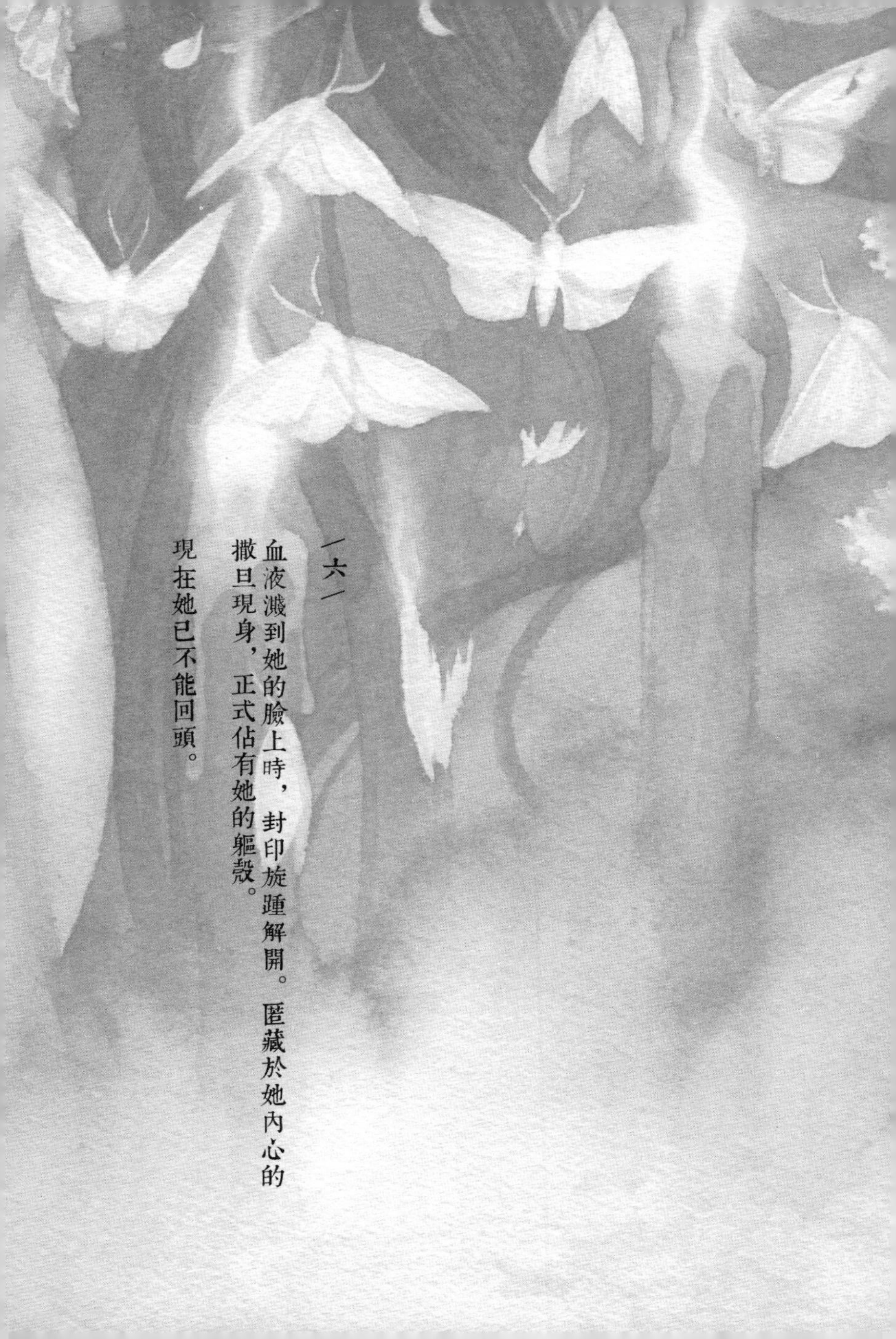

—六—

血液濺到她的臉上時，封印旋踵解開。匿藏於她內心的撒旦現身，正式佔有她的軀殼。

現在她已不能回頭。

回到家中，屋裡一片寂靜，兒子還沒歸家。

真奇怪，明明已經到了晚飯時間。

方嘉兒依次序逐一打開屋中的燈，想照亮漆黑一片的內心。可心緒紛紜的她，只得到更多紛亂的身影投射在牆頭。

猛然，她看見客廳的全身鏡中，有一面容枯瘦的婦人，頭髮淩亂地站在鏡中，凝視著現實世界的她。

「為甚麼要以此種眼神看我？」

「別看我、別看我、別看我……」鏡中人在嘀咕。

方嘉兒別過臉去，叫自己振作過來。

一天兒子還在，她就還是母親。作為母親，有重大的職責必須承擔，不論她的身世如何，父親是否驚世殺人狂。

她努力把驚魂未定的自己收起來，步入廚房，準備晚飯。

把食材從冰箱裡一一取出，她拿起萬能菜刀，猶豫了半刻。凝視反映於刀身的自己，定了好一會，才把肉放到砧板上，大刀闊斧地斬下去。

＊＊＊

她回首，打開垃圾桶，蓋子慢慢朝天升起……

裡面隨即出現一張人臉——她的丈夫驚愕地睜大充血的雙眼，眼珠兒快要掉出來，正仰望她黧黑的臉。

正確來說，應該是垃圾桶裡有她丈夫的頭顱，整個被塞進狹小的空間內，嘴角還殘留著一些嘔吐物。

他那頭黑色短髮上，凝結著血塊，是她毆打他後腦勺造成的。

豆大的汗從方嘉兒的鬢角滴下來……

***

不對！

這是那晚的情景，他不可能出現於此。

她大力擠眼，重新張開眼睛，那晚的幻影化作縷縷白煙，飄散開去。剩下來的，只有今早早餐的殘骸。還有，一個玻璃瓶。

她嚥下凝固的口水，從裡面撿起玻璃瓶。歪頭思索好一會，這不是今早從冰箱消失的蘋果汁玻璃瓶嗎？兒子親口承認昨晚喝光了，為何現在才出現於垃圾桶？

玻璃瓶還變成藍色了，上面塗滿了油漆。

不。

她摸一下玻璃瓶的表面，油漆是塗在裡面的，而且色彩分佈得十分不均勻。

還有這藍色的深淺度，和前陣子買給兒子的噴漆不是一模一樣嗎？這和他說的美術科作業完全不同，不是用於功課嗎？給果汁瓶內部上色有何用處？

方嘉兒怎樣也想不通。

＊＊＊

謊言。

母子之間突然出現新牆壁，成為他們的隔閡。

方嘉兒如於千呎高空墜落般，掉入深不見底的絕望之中……

＊＊＊

半晌，玄關傳來門把被扭開的聲響，她放下玻璃瓶，走出廚房。

「現在才回來啊。」她皮笑肉不笑地。

兒子慌慌張張地從大門進來，身上竟然不穿校服，而是便服。

甚麼嘛，原來他回過家又出去了。正當方嘉兒張口欲語，兒子木訥著臉，二話不說地衝上二樓，根本沒打算停留。

「喂！你這麼晚去了哪兒？」

樓上足音漸遠，他全無回答她的意思，狠狠把睡房門拽上。

＊＊＊

他是怎樣了？

一直以來兒子都是個心平氣和的乖孩子，連對待父母也很有禮貌。今天的他判若兩人，是甚麼令他有如此劇烈的轉變？甚至把生母視作仇人一樣。

等等！

也許他早就察覺到，世界已因那一夜改變，因此表現得惴惴不安，不願意對上母親的雙眸。

其實不止是兒子，連方嘉兒自身也變了。自從她的丈夫、父親停止呼吸，整個世界都被翻轉了。他們不再是自己，眼前的幸福不過如曇花一現，美滿生活從來不存在，一切都是自欺欺人。他們永遠不可能擁有這個閃亮的城市，他們是屬於黑暗的，整個家族如是。

想著想著，方嘉兒的淚滑下來了……

所有實物都如窺視萬花筒般，被美化，被扭曲。從宣告死亡的那一刻，序幕就被掀開。故事必須演下去，直至出現第三者封鎖這個劇場。

方嘉兒抽抽嗒嗒地飲泣，蹲在廳中的角隅處，頓然覺得世界遺棄了她。

他們都走投無路。

父親的耳語，總會乘虛而入，在她最脆弱的時刻冒出來。

＊＊＊

某年盛夏的一天，方嘉兒興高采烈地扯著裙子，奔向難得見一面的父親。陽光游走在大樹的葉隙間，把父親的臉孔分割成數以千計的碎片，如破碎的面具，若隱若現地把他的真面目覆蓋。

「爸爸！」

父親被鮮花簇擁，以靈巧的手捧起花兒，露出罕見的笑臉說：

「嘉兒，來得正好。瞧，這叫紫羅蘭，花語是永恆的美。」

「嘩，真漂亮！」

他溫柔地撫著花瓣，然後把鼻子塞進花芯中央，讓香氣充滿鼻腔後，續道：

「你知道甚麼對紫羅蘭而言是最好的肥料嗎？」

當年一個質問，使方嘉兒啞口無言。但現在，她終於知道答案了。最佳的肥料，就是那些他雙目所及世上最美麗的生物。

＊＊＊

孤苦伶仃的方嘉兒也曾經有過朋友。

在七歲時，有一賣小食的小販檔攤，總在方氏祖屋所在的街尾擺賣。

自小被父母嚴厲管教的方嘉兒，雖然沒機會買一串咖哩魚蛋嚐嚐，但她一直很留意那間檔攤。

因那攤主有一與她同齡的女兒，綁麻花辮可愛的她，總在擺攤時坐在旁邊玩波子。當方嘉兒走過，她會對她綻開姣好一笑。

後來知道了，她的名字叫家寶。

或許由於她出身清貧，因此從沒主動報上姓氏。

縱然如此，對於整日只能與洋娃娃作伴的方嘉兒，她的存在變得愈來愈重要。最終兩人從點頭之交，成為了好朋友。

母親雖然對方嘉兒很嚴格，但她也喜歡家寶，覺得她雖然窮，但骨子裡有傲氣。於是，經常邀請家寶到家中作客，請她吃點心，和方嘉兒玩耍。也許母親亦認為，女兒需要一位同年紀的玩伴，又或者她能預見自己命不久矣。

父親日以繼夜，為工作奔波，而母親也因長期病患而經常進出醫院，有時候整個星期也留院檢查。

方嘉兒只能孤伶伶地待在偌大的房子裡，與影子做伴。

當她對愛情愈加飢渴，家寶如及時雨似地，潤澤了她乾涸的心靈。相反，正好家寶缺乏的是玩具。她們倆互相補足，不一會就成為了一對血肉相連般的好姊妹。

漸漸地，父親知道家寶的存在，還特地在家寶來作客時，買些小吃給她帶回家。平日在女兒面前，他總表現得冷若冰霜，唯獨面對紫羅蘭和家寶，他會表現出寬容放鬆的神情。

這令方嘉兒有一刻覺得，父親也許沒想像中的壞。然而她有一天，將會知道父親的廬山真面目……

＊＊＊

一生中最快樂的時光，轉眼即逝。

美好的東西間不容瞬地，猶如將棉花糖放進水中，溶解……

＊＊＊

母親死後，九歲的方嘉兒在保母陪同下歸家。

那天，檔攤的店主沒有擺檔，方嘉兒覺得有點可惜，因為只有攤主出現，她才能與家寶見面。

天真的她，還不知道這非常態的情況，是上天給她的紅色警告。

吃過晚飯後，她在房間獨自看童話書，正當她看得入神時，突然有噪音入耳打擾清靜。

她走近聲音來源，到了窗前，發覺地下的花槽前有父親的身影。而他正用挖泥鏟於結滿花蕾的紫羅蘭底下，埋著甚麼東西。

俏皮的方嘉兒，挪著腳步下樓去，想窺看父親背著她在幹甚麼。當她到達地下，已不見了父親。

她逕自走近花槽，想看個究竟，卻因太黑而視野不清。忽爾，月光從烏雲間射到地面，花槽一帶變得光亮起來，她終於看見眼前的情境。

在紫羅蘭花叢的下方，有一隻小手正朝夜空伸出來，似乎在向方嘉兒招手。

無知的她走上前，呆站，看了好一會兒。終於鼓起勇氣，屏住呼吸，牽起那隻土壤中的小手，拉上來！

一隻斷肢被拉往地面，由於力度過大加上極度驚慌，小手被扔到半空，再落到花槽上。

方嘉兒不敢相信自己的眼睛，面前一切一點都不真實，怎可能在自己家裡發生這種事。是在做夢嗎？

她啞然失聲，踉蹌後退，卻在下一剎那，看見歪歪斜斜的紫羅蘭之間，有一張人臉，暴露在花的根部下方。

「家……家寶……」她倒抽一口涼氣。

不期然地，叫喚被埋沒土中的人的名字。

＊＊＊

家寶如在回應她的呼叫一樣，眼睛直勾勾地凝視著方嘉兒的方向。可縱然家寶的嘴巴張開著，裡面已塞滿了泥土，根本不可能發聲。

「啊！」

身上所有溫度都一下子被剝奪，方嘉兒趴地而行，卻不巧碰上走回頭的父親，他正在搬運一包包的泥土回來，要把事情完結。

「嘉兒。」他以磁性的嗓音說。

「爸……爸……唔……呀……」

方嘉兒支支吾吾，腦部當機已不能好好組成完整句子。

而父親，當然明白女兒為何變成這樣。他放下手頭上的東西，弓身，從後方以強而有力的臂彎把她鎖在自己懷裡。

「這孩子是個窮人，她的父親根本不想你們做朋友。他叫她來，只不過想透過她接近我們，利用這友誼來獲得利益罷了。」

一陣令人作嘔的臭氣，刺激她的嗅覺，是父親嘴巴裡的酒氣。可是，以她小小的力量無法掙脫父親的束縛，她只能默默承受，並聽他呼吸似地輕聲説。

「可憐的家寶，被利用了還不知道，我這樣做只是想保存你們之間純潔的關係而已。只要停留這一刻，永遠的年輕，你和家寶才可以永不分離。」

他那冷酷無情的聲線，剎那間，把四野所有雜音從方嘉兒耳邊奪走。

世界，只剩下他的冷笑聲……

＊＊＊

這是撒旦的圈套。

最初至今，一直都是。

從方嘉兒出世那刻起，魔鬼已附身在父親身上，每天於心智不成熟的方嘉兒耳畔呢喃。

「孩子，你會做個很棒的人，和父親一樣偉大的人。」

開初，方嘉兒不明白這句話的意思。當然的，那年她才幾歲，連靈魂也沒成長完全，怎會理解句子背後的意味。

但此刻她明白了。

自從九歲時，好友家寶消失之後，每一天方嘉兒都向夜空祈禱。祈求自己快點長大成人，那麼就能擺脫一切限制，做自己喜歡的事，成為自己想成為的人。

然而，她又怎料到自己體內每一下脈搏跳動，都使她渾身充滿著殺人狂的血液。她賴此維生，不得不承認，長大，不過是使她逐步步向殺人犯的道路而已。

人生第一次，以自己的雙手停止一個人的呼吸。在長久受虐的歲月裡，她一直以為自己是隻被迫困在牢獄中的小鳥，而藉著了結那個人的性命，她終將得到永恆的解救，並可把同樣囚禁在牢獄的兒子拯救出來。

然而，她所做的一切只是證明她甘於屈服罷了。

一個陷阱。

在久遠的時光裡早已安排好的圈套。

血液濺到她的臉上時，封印旋踵解開。匿藏於她內心的撒旦現身，正式佔有她的軀殼。

現在她已不能回頭。

浪子，沒有一個供他回歸的家，又如何悔改？

她一直以來都希望成為大人，成為一個出色的大人，活出自我。然而從思想誕生的那刻開始，結局已下了定斷。

她甚麼也改變不了，包括自己的命運，兒子的將來。她還愚蠢到生下孩子，養他成人。殊不知魔鬼早已佔有那軀體，她傻傻地給他餵食，實現了陰謀者的計劃，把惡魔基因遺傳下去。

日日夜夜，祈求兒子會成為純潔的天使，但把污染了的血傳給他的人，正正是方嘉兒自己。

結果，他們都是嗜殺的種族。不論他們逃到天涯海角，亦逃不出這個枷鎖。

＊＊＊

殺丹妮拉的人是父親，方嘉兒如此確信。

真相如何，對她而言一點也不重要，因為每個人都會對於事物有不同的解釋。在她的版本中，家寶不過是一個犧牲品，用作滿足他的慾望，以及用於將來解剖丹妮拉之前的訓練工具。

在母親死後，父親想必很寂寞，唯一與他有心靈連繫的人消失於世上，是多麼可悲的一件事。

說回頭，他的一生中從來沒在一個人身上投放這麼多時間，更從沒在其他人身上得到過家庭溫暖。說不定，母親是獨一無二的存在。

人。

而母親去世後，能使他忘記傷痛的方法，只有解剖，以及重新愛上另一個人。

丹妮拉恰巧出現，成為了他用於填補空虛的材料。或許他們有過好幾次肉體關係，但這些都不足使他們打從心底建立起羈絆。

有一刻，他會覺得愈來愈想不懂這和他相差十多歲的女生，畢竟他們背景和母語都不一樣，兩者之間的連繫如棉繩般，一燒即斷。

然後，他動殺機。像那次他把家寶招進屋中，把她進行深入的了解那般。他會試圖用物理方式，拆解所愛的人的心思。

丹妮拉的死法，也許已表現出父親最大的仁慈。讓她在最愛的紅花中央嗚呼逝去，如花仙子般回歸人類最原始的模樣。

能於愛人心目中永遠活著，大概是最浪漫的事吧。縱然最後她亦可能得不到母親的位置，她至少能佔一席位。

而方嘉兒，則只能徘徊在善與惡的邊緣，繼續掙扎。

＊＊＊

晨曦從窗框爬起，點亮方嘉兒的淚痕。

她抱膝坐於睡床上，整夜無眠，思想不斷穿梭過往和現在。

在知曉自己是殺人犯的女兒後，她神緒不安。無法克制自己，不去回想前幾天凌晨，森林裡發生的一切……

＊＊＊

以枝葉茂盛的森林作為掩護，方嘉兒把屍體搬到山中。

這一帶既不是爬山徑，亦沒有地盤工程，人煙稀少，甚至沒有遊人會來這邊看風景、燒烤。

只有本地人才知道，一處杳無人煙的山腳下，將成為她良知的葬身之地。

到洞口的旁邊。

把房車停泊到附近，她挖了個洞，從車尾箱搬出一個大型行李袋，把它拉

打開袋口，在彎月的監視下，把袋中的東西倒進黑洞裡面。

擔子一下子輕了，她開始用挖泥鏟把洞口埋好。至於行李袋，不可能在這兒燒掉，夜裡的森林有光和起煙的話，會引人懷疑。待明日父親的頭七時，於家中一併燒掉吧，這樣鄰居也不會奇怪。

把洞填平後，她抬起頭看那幽藍色的月兒。

閉目，感受夜風吹拂臉頰，以及山中的寧謐……

一個人消失了，原來世界能變得如此美好。

以後，不用再讓兒子看見那種場面了。

他會健康成長，成為偉大的人。

一定。

＊＊＊

方嘉兒於夢境製造的濃霧中踽踽獨行，她要回到自己來的地方。沿途紅花開得遍地皆是，她因狂喜而笑個不停，步伐不由輕快起來。

其實她的恐懼對象不是父親，也不是世間的看法，而是她自身。第一次殺人的觸感，竟令她如此歡悅。被分拆得七零八落、血肉模糊的屍骸，簡直是她見過最完美的光景。

就是把不應該毀掉的東西破壞時，那種莫名的亢奮。

然而連安放這記憶的地方亦徐徐崩潰，巉峻的路沒完沒了地延伸，她走不出那片霧霾。

驀地，前方本來平坦的泥土鼓起來，她卻步。地下始乎有甚麼東西如挖土鼠般，翻著鬆散的泥土向上爬出來。還未來得及反應，一隻蒼白的小手露出地面，於月光的折射下散發著神秘的光芒。

方嘉兒認得出那隻手，那年紫羅蘭的香氣又撲鼻而來。

她聽見泥土裡傳來一把可愛的女聲。

「嘉兒……我喜歡你……」

世界因一句話而崩塌。

方嘉兒的肉體剎那扭曲化成光束，與絢爛的記憶糾結在一起。她穿透時光，鑽進最深的腦海裡，目睹沉澱在心坎最真摯的情感。

＊＊＊

她把丈夫壓在浴缸邊，然後用菜刀割他的脖子放血。之後，用木工鋸把礙事的部分全切下來。

女人力氣有限，特別在切骨頭時很花工夫，她足足用了一個晚上才完成。而血洗後的浴室，即使如何沖刷，亦依然殘留著動物特有的腥臭味。

遲早會被發現，舉報的人可能是他公司的人，也許是朋友，他的父母、親戚。這點，方嘉兒早有覺悟。但不要緊，如果她的一點犧牲能令兒子有更好的生活。再者，她從十年前遭受虐待開始，已想這樣殺死他，把積壓多年的不忿全部發洩出來。

現在她終於能鬆一口氣了。

她凝視著虛空，眼前的紅，變成一片朦朧。當她的雙目重新聚焦時，那掉落於浴缸內的人頭，竟然不是丈夫的臉。

是家寶！

她又以那飽含淚水、無辜的表情望向方嘉兒。

「哐噹」一聲，方嘉兒丟下菜刀。

「為甚麼！為甚麼！不是你，不是！為甚麼！家寶，我沒有殺你！我不是想殺你的！可是為甚麼！為甚麼——」

方嘉兒抱頭，歇斯底里地叫喊，但只有孤單的叫聲在浴室迴響著。幻覺如荊棘纏繞她的頸項，要使她窒息，她趴在座廁上，嘔吐了好幾回。

＊＊＊

方嘉兒恍然大悟，曾映進眼簾的畫面，掠過耳邊的話語代表甚麼。

迄今為止，她一直都埋沒本心，以乖孩子的模樣遵照父親的指示，沒跟任何一個人提起過家寶的事。

或者他們父女十分相似，只是方嘉兒不願意承認罷了。

她愛自己的丈夫，縱然他怎樣毆打她，如父親愛母親和丹妮拉一樣。可是，她厭倦了。在完結之時，必須以此深刻的方式於歲月留下記號，否則情感很快會被時間的洪流沖走。

回頭想一想，父親也許不是一個壞人，他不過和她一樣以獨自的方式去愛而已。

只是，這份愛是世人所不容許的。

＊＊＊

忽然，方嘉兒那雙愛睏的眼睛明亮起來。

看來她想到了甚麼，關於自己，以及兒子的事情。

兒子昨晚跟她說身體不適，他躲在房間裡，卻不讓她照料，而今早卻又沒事人一樣，堅持如常的上學去了。

屋內一片平靜，這個時候兒子已經上學去了。她想起甚麼的，一股腦兒衝往花園，跑到前陣子兒子說有蚯蚓的桑樹下，徒手挖掘地面，弄得十根指頭全黑。

桑樹下，一個小若松果的鮮藍色物體從泥中冒出頭來。她想也沒想，立刻把那物體放到手心查看，並以另一隻手撥開沾在上方的泥沙。

稍頃，她終於認識到那物體其實是小青蛙的屍體——兒子的寵物，昨天才發覺於飼養水缸失蹤。

定睛看看那青蛙的屍體，在牠的表皮上沾滿了光滑的油漆，使牠失去本來應有的花紋圖案。皮膚的所有氣孔被封閉，加上油漆本身的毒素，大概就是牠的死因。

至於誰是兇手，一目了然。

這油漆的顏色，是生日那天方嘉兒買給兒子作為禮物的噴漆。而果汁瓶之所以不見了，而且內部噴滿一斑斑的油漆，代表那是兇器之一。

方嘉兒能想像，兒子在她酣睡的時候，偷偷下樓，把小青蛙塞進喝光的果汁瓶裡，作為牠的暫時囚房。

回到房中，他拿出那樽噴漆，一點一點地往裡面的青蛙噴射。以他烏黑的雙眸凝視牠於油漆裡打滾，痛苦翻側，慢慢被折磨而死的情況。像殺人如麻的上帝般，把容器內的生命視作玩物嬉戲。

一忽兒，青蛙的屍臭已經染滿她的雙手，甚至是衣物。

她只好將青蛙埋回原來的位置，雙手合十，姿勢似是在祈禱，但非矣。她是因為痛不欲生而無法動彈。

絕望，莫過於知道兒子已成為冷酷無情的殺手，自己卻無能為力。

世間大概沒有多少人，像方嘉兒的父親一樣，渴望子女走上歧途，與他一起背負同樣的罪名。

因他一生只渴望一位理解者，分享只有殺手方能看得見，那獨一無二的視角。

可方嘉兒不同，當她醒覺自己繼承了父親的惡魔基因後，她只希望兒子成為純白的人，不要被世間的殘酷模糊眼睛。

沒有人比方嘉兒更加期望，自己的兒子能是個平凡人。

可惜，青蛙的死，證實了這是不可能實現的夢想。

縱然是血濃於水，始終是兩個個體，和父親一樣，兒子亦有他的秘密和另一面是方嘉兒不知道的。

＊＊＊

方嘉兒回到屋中，決定前往兒子的睡房。

踏進睡房的一刻，她彷彿走進了異世界，囤積於房中兒子的體味，亦逐漸變得成熟而危險。猶如打開了禁忌之門，她要踏足兒子的內心世界。

她打開書桌上的手提電腦，桌面上的圖標，大都是學校功課的文檔，以及一些網站連結。

她按下滑鼠，逐一查看，可全都是與他年齡相配的遊戲或資訊網站。

桌面右上角還有一個未命名的文件夾捷徑，她按下圖樣，熒光幕隨即彈出視窗，顯示內容。

而那文件夾裡放著的，竟然是大量的相片。

把檢視尺寸設定為大圖示，一幕幕如幻似真的畫面盡現眼前——貓咪、小狗、鳥兒、老鼠……等。

多不勝數的動物在鏡頭下展露出牠們的內臟。

剖開的腹部、四肢被釘在桌面、腸子流出等血淋淋的場面，全都被拍攝下來成為數據。

這些，真是兒子的所作所為嗎？

不。

人類本身就有暴力衝動，而且對於不解的事情有追求的好奇心。說不定這些相片是網上收集回來的，並不代表他有親自動手。

然而，即使沒有確鑿的證據，證明他有抓動物做解剖，但兒子對青蛙的變態行為，已令她痛徹心扉。

已經太遲了嗎？

她手肘架在桌上，雙手掩臉，痛哭失聲。

或許老天爺真的不存在，否則怎會讓他們一家受如此詛咒，陷入永無翻身的沼澤中。

她不過想過幸福平凡的日子，但從父親開始的三代，都逃不過腥風血雨。

他們注定要成為殺人兇手，就像殺戮天使每天為懲罰人類四處出動，忘記了背上和其他天使同樣，長有羽毛豐厚的翅膀。

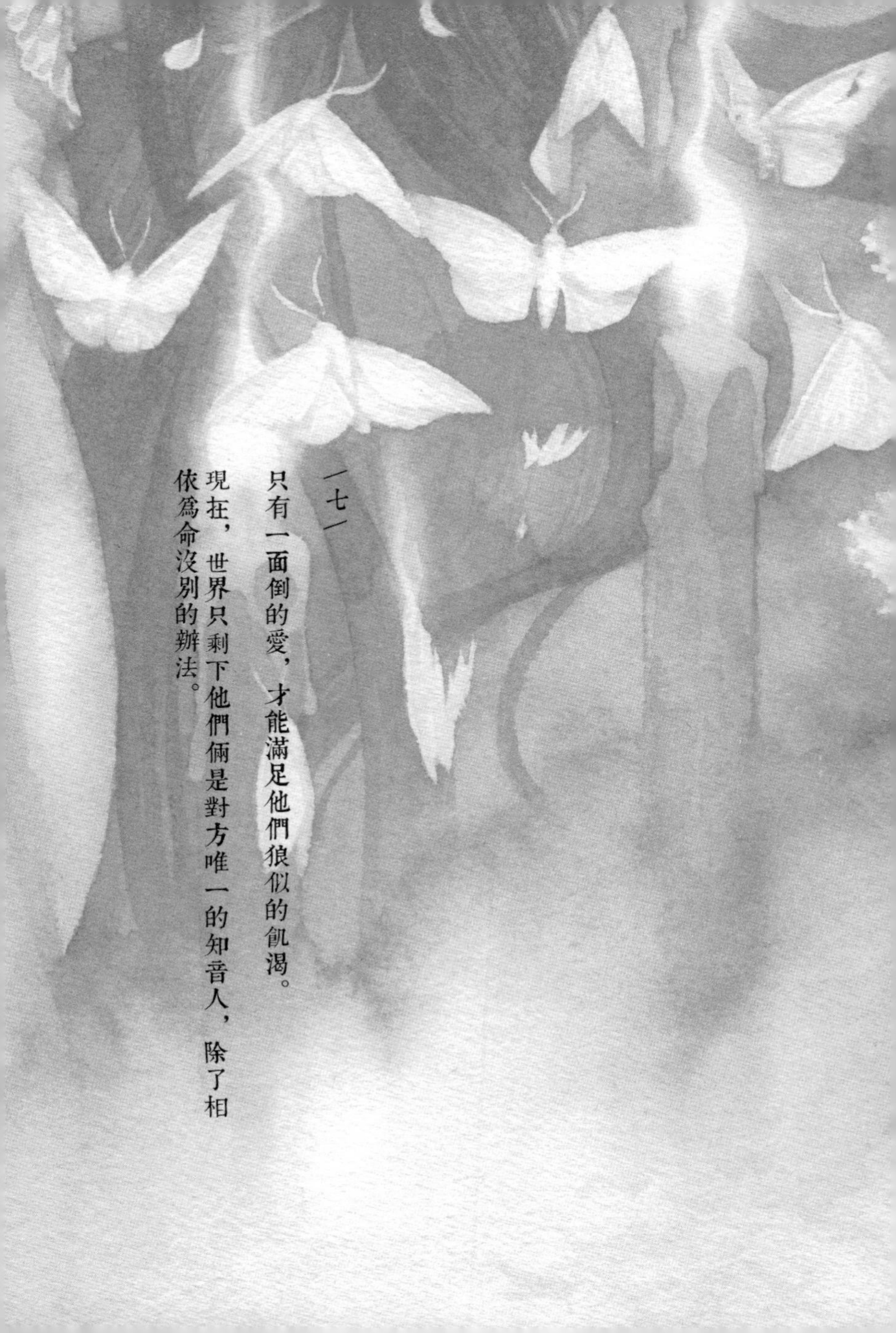

—七—

只有一面倒的愛，才能滿足他們狼似的飢渴。

現在，世界只剩下他們倆是對方唯一的知音人，除了相依爲命沒別的辦法。

過了放學時間，兒子依然不回家。

坐立不安的方嘉兒駕車四出尋找他。

在學校前面的大馬路繞過好幾次，只見學生疏落地從裡面出來，沒見到兒子的身影。

於是，她把車子停泊在附近的空位，下車，徒步到校門前問問人，想知道兒子是否因其他原因而逗留在校。

「不好意思。」

方嘉兒向一位年紀老邁的女校工問道，她正在門前掃落葉。

「請問學校裡是否還有許多學生？我在找兒子。」

校工打量她全身上下後，回答：

「還有五分鐘就關門了，學生會陸續出來，你自己看看吧。」

子。

「好的，謝謝。」

語畢，方嘉兒移步到校門鐵閘外，靜靜佇候。

然而過了五分鐘，聽見學校宣佈而離開的學生全都走光了，卻依然不見兒子。

方嘉兒仍呆站著，無視來鎖上鐵閘的校工給予奇妙的目光。

「難不成……已經走了？」

方嘉兒掏出手機致電兒子，雖然接通了但一直沒答話。

從前天開始，兒子就變得怪怪的，不會做出甚麼傻事吧？

方嘉兒有種不祥預感，總覺得以兒子的洞察力，實在不可能沒察覺他爸爸已被殺死的事實。這幾天他性情大變，說不定亦因此事而起。

忐忑不安的方嘉兒急步離開，回到車上，不知如何是好。與此同時，她發現寂靜的街角後巷，傳來一群年輕的男聲，似乎是在打鬧嬉戲。

好奇心驅使之下，她重新下車，躡手躡腳地步向聲音來源。

三名穿兒子學校校服的男生，在陰暗、潮濕的小巷裡大吵大嚷，中央包圍著甚麼東西。

他們外表和其他學生沒兩樣，比較上來只是有點衣衫不整罷了。但從其中一人手拿煙頭可看出，他們絕非善男信女。

方嘉兒緊握手中的手機，打算有緊急情況可立即報警，但這種理智持續不久。這時，她突然從三名學生的腿與腿之間，瞟見屈身於他們中央的東西，竟然是個人，而且還是赤裸上身的少年。

她瞇起眼睛，想再確認對方的身分，卻被少年突如其來的舉動嚇一跳。

他從男生們的腳間溜走，低垂著頭往方嘉兒的方向直衝去，想逃之夭夭。

他大概沒看清前方的道路，竟一頭栽進方嘉兒的懷裡。

學生看見方嘉兒站在巷頭，拔腿就跑，從巷尾逃出去。

方嘉兒看不清少年的臉，但當看見他一身紅腫、瘀傷，立即得知他被剛才那群惡霸欺凌。

在本能和母性的唆使下，方嘉兒反射性地想回抱他，卻做不到。

因少年的背上……

刺滿了閃閃發光的金色圖釘。

她感到難以置信，腦部當機，因為她從未親眼見過如此畫面。

任誰看到少年背脊成了這樣，大概都會反應不過來，甚至懷疑自己是否有幻覺，或者雙目出問題。

圖釘不光是黏在他身上，還深深吃進他的肉裡，而且有約一百粒左右。

如此龐大的數量，他是如何忍受得住？想必是方才那些傢伙抓住他，然後逐粒戳入背部，使他慢慢承受恐懼和痛楚。

仍未成熟的心智，也許才是最危險的。這種毒辣狠心的手段，正正是幼稚的副產物。

不容分說，方嘉兒輕推開少年，要看清他的臉容，怎料又大吃一驚。哭倒在她懷裡，如小動物般抽搐肩膀的少年，竟然是方嘉兒的兒子！

渾身的體毛頓時如貓兒發難般，全部豎直起來。心臟猶如被重搥打下，一道靜電掠過腦袋使她失去理性。她直瞪向惡霸消失的方向，想要追上去，卻被兒子抓住臂膀阻止。

「不要，不要追……我沒事……」

滿額大汗的兒子氣喘著說。

「你在說甚麼！看你這副模樣還說沒事？」

「我不害怕，真的……他們都是可憐蟲，可憐蟲……」

他皺眉苦臉地扶著牆壁，跪下去。說著說著，竟然噗嗤而笑。

「哈……哈哈……哈哈哈哈哈……」

方嘉兒想去扶他，卻因看見他傷痕纍纍而不敢觸碰。

那些圖釘在落暉的照耀下，如金龍鱗片般美化一切。

「怎麼會這樣——」

方嘉兒終於眼淚潰堤。

所有零散的記憶，殘破的片段，此刻都如拼圖般拼湊在一起。為何兒子的學校制服總是髒兮兮的？為何他性情大變？一切都能解釋了。

＊＊＊

人，為甚麼不能變得溫柔？

總是透過傷害他人尋找價值，得到優越感。其實方氏一家也屬於這群可悲的人，只有透過殺傷，才能獲得安全感。

方嘉兒如此想著，把圖釘一粒一粒從兒子的背脊拔走。雖然他背對而坐，但她能從每個細微傷口滲出來的血珠，知道他正咬牙忍受著痛楚。

當沾有血絲的圖釘全被拔下來後，留在兒子背部的是一個個毛孔大小的傷口，遍佈一整背面。

那些小子雖然幼稚，但在這方面卻有些想法。用圖釘作武器的話，能帶給受害者極大的恐懼之餘，製造的傷口小，痊癒快，不易被發現。

為兒子做傷口處理並捆綁帶後，方嘉兒怒沖沖地，邊收拾東西邊說。

「明天不要上學了，我會通知老師，告發這件事。不可以視而不見，那些臭小子一定要好好教訓。」

兒子不以為動，平靜地。

「告發了只會令事情更嚴重……況且，我已經習慣了。」

「習慣？這樣的事情怎可以習慣！」

雖然自己也做著殘忍的事，但當悲劇發生在親生兒子身上，方嘉兒始終還是個普通的母親。

「為何你不更早告訴我？」

「他們天不怕地不怕，即使被家長罵，或者退學，對他們而言都沒所謂。可他們還沒見識過比這些更可怕的——」

兒子的瞳仁怎麼突然混濁起來了？可能是錯覺吧。與此同時，方嘉兒熱淚盈眶，咬指頭發出「咔、咔」的聲響。

見此，兒子斬釘截鐵地。

「請媽媽不要插手。」

「……為甚麼？」

方嘉兒那雙本已通紅的眼眶，又因此句話而濕潤起來。

「因為媽媽你已經為我做得夠多了。」

頓了一頓，兒子難以啟齒的，卻還是決定說出來。

「一星期前學校不是舉辦了一日營嗎？那天我沒有去。因為怕那些人會對我……所以我假裝出門，打電話給學校請假。我隨便在街上閒逛，晚上才偷偷回家。碰巧看見爸爸打你，然後你把爸爸——」

兒子向她投以一個尷尬的眼神，續道：

「所以……已經夠了。」

方嘉兒圓睜雙眼，晶瑩剔透的淚珠掛在眼眶，搖搖欲墜。縱然已不多不少察覺兒子知情，但當事情從他口中出來，那份衝擊依然很大。

兒子轉身面向方嘉兒，攬住她發顫的身體，淚沉重地墜落。

「媽媽你不用再一個人痛苦，我會和你一起承擔。」

不，你甚麼都不懂。

方嘉兒咬住嘴唇，心想。

明明他不知道，他倆將要承擔的是比天更重的罪孽。但方嘉兒還是選擇了接受兒子的溫暖，回抱著他。

「對不起……對不起……」

她只能重複此話。

「不是媽媽你說的嗎？說我升上中學已經是大人，要學會獨立……」兒子飲泣，「所以這件事我想自己解決，我不會讓任何人再傷害我們……請相信我……」

她大力頷首，回應了他。

其實不用多說，方嘉兒亦願意毫無條件信任兒子。不只因為她身為人母，而是因為她相信他們的血脈，絕不會假手於人，不容許有偏差。

只有一面倒的愛，才能滿足他們狼似的飢渴。

現在，世界只剩下他們倆是對方唯一的知音人，除了相依為命，沒別的辦法。

＊＊＊

空空如也的方氏祖屋前，方嘉兒佇立在前庭空地上，燃點赤紅色的聚寶爐。

包圍著這棟房子的圍牆，猶如城壁，把他們三代的懸念封鎖起來。繚繞上升的熱氣，形成一團肉眼看不見的濃煙，使所有人昏頭轉向。

她目不轉睛地看爐煙裊裊，伸手進口袋，拿出那幀丹妮拉的獨照。

照片中的她，依然如昔日明亮照人，對於她交往的對象的底蘊仍毫不知情。她當然亦不清楚自己的死，會為後人帶來多深遠的影響。

讓所有憶記隨爐煙消逝吧。

方嘉兒如此跟自己説，把獨照放進烈火之中，枯黃的照片瞬即化作灰燼，如黑色飄雪般飛滿整片天際。

還有雜物房裡的紀錄，對她而言已沒任何意義，於是也一併燒掉。

其實她應該一早察覺，在父親去世之際，所有東西都應隨他而去，不應該追究。因為追究了，才有此刻的痛心。

有些真相，原來應該讓它永遠沉睡。

一點點，一點點……

* * *

把父親的分身放進火焰裡，讓他徹底消失於天地間。

攀升起來的陽焰裡，方嘉兒能看見不遠處的大型花槽，裡面依舊綻放著絢麗的紫羅蘭。

不覺一怔，她於幻覺中目睹一個身影。那身影筆直地面對著她，站在花槽裡，那是個小女孩。

陽焰盪來盪去，方嘉兒無法捕捉身影的全貌，但光是看見她的一部分，亦足以認出來是家寶。她們曾經是難分難捨的好姊妹，即使是短短的提示，亦能令她感受到對方的存在。

「家寶……家寶……」

面色蒼白的方嘉兒頹然站起來，卻在視線穿越爐火之後，遺失家寶的身影。

她撥開眼前的黑色飛雪，飛身衝往花槽。發現那裡沒任何人，只有太陽下可愛搖曳著的花朵。

灼熱的太陽殘酷地曬著方嘉兒的後腦，使她一時火起，瘋狂地把怒放的紫羅蘭連根拔起。

「啊——啊——啊——！」

這邊！

那邊！

要把所有的紫羅蘭都毀掉！

可是紫羅蘭數量之多，不論她花多久，花槽的另一角依然有眾多紫羅蘭沉默地隨風搖晃，對她作出諷刺。

方嘉兒虛弱地一屁股坐在軟泥上，像孩子般淚流滿面。

然而待淚乾之後，她巡望散落一地的花瓣，似乎想通了甚麼。猶如脫胎換骨似的，眼神毅然堅定起來。

走下去。

必須活下去。

＊＊＊

回到家裡時，已經是日落時分，還不見兒子的身影。

方嘉兒沒感到意外，因為經歷昨晚的事後，所有因素也有可能發生。她沒再四出尋子，默然不語地坐在沙發上，靜候兒子回家。

不一會，大門傳來「咯咔」的一聲，門旋踵打開。

方嘉兒自然地把視線投向玄關，不出所料，兒子果真安然無恙地歸來了。

可兒子的步伐有點奇怪。他曳曳拖行，衣衫不整，腳下還拉著一個沉甸甸的黑色垃圾膠袋。

「可以把他……埋在爸爸那兒嗎？」

兒子無畏無懼地直視著她。

她覺得不可思議，因為她知道垃圾膠袋裡裝的是甚麼東西，但學校與這邊距離相差那麼遠，他是怎樣把這重物帶回來的？

猶如察覺到方嘉兒的疑問，兒子率先開腔。

「我把他約出來，就在這附近……」

他氣喘如牛，鬆開拿膠袋的手，然後拽著腳彳亍。看來第一次始終不是想像中的容易，何況他們年齡相若，勢均力敵。

方嘉兒張開手臂，讓疲倦的兒子偎靠在她的身上，歇一會兒。

「媽媽，你會生氣嗎？」

兒子仰首，瞥看方嘉兒的表情，此刻她已泫然流涕。

「怎會生氣……一直以來你不是很痛苦嗎？現在終於完結了，而且靠你自己雙手。我很開心，你做得很好……你永遠是我……最值得驕傲的兒子。」

聽畢，兒子抱過方嘉兒的脖子，在她的腦門吻了一下。然後母子倆四目相投，一秒鐘，他們就能心靈相通。

＊＊＊

他還是做了，始終還是動手了。

其實她早預料到，兒子會這樣做，因為他們體內流著同樣的血液。他們都無可救藥地成為殺人魔，並決定欣然接納這個事實。

現在換方嘉兒了，要鼓起勇氣面對世上為數數十億的敵人，身為單薄無力的一名婦女，為衛護兒子站起來。

她扛起那垃圾膠袋，感覺到裡面尚存有死者的體溫。可是她已不再懼怕了，這才是真實的自己。她拉起兒子的手，說：

「我會保護你，永遠。」

然後他們一起上車，方嘉兒把房車駛至高速公路。不理車尾箱是否有兒子同學的屍體，不理後照鏡映出的那部警車是否為追捕他們而來。

他們只管一直往前，不再回頭。

（完）

〈後記〉

大家好，我是柏菲思。

看完這篇作品的讀者，要是比較熟悉犯罪史，大概會馬上發現故事中的紅花案件，是參考美國發生的「黑色大理花懸案」創作出來的；現在上網這麼方便，有興趣的朋友可以去查查看，這裡不詳細說明了。

將這單駭人聽聞的案件寫入文中，是因為：第一，貌似不常見香港有這類事件，普遍也不常以犯罪者角度出發；第二，因為殺人手法比較藝術，如放在文中應該效果不錯，感覺就像福爾摩斯中出現的情節。所以，當作介紹知識，給華語地區的讀者了解了解。

不過，也許是職業病的緣故，總會被這類未破解的案件深深吸引。犯罪者的動機、心理狀態、道德觀，所有都能成為材料。第一次知道此案件，是在外國的犯罪學節目上。案件真相仍然未明，但節目介紹了部分疑犯的成長背景，而疑犯的性格和經歷，與犯罪者形象頗吻合。一位從事醫生的男人，居然利用高超的技術殺人，可想而知，當中有不少曲折離奇的劇情導致他行兇。

因為心有所感，所以決定以寫作方式把它烙印腦海，生出此文。然而，歷代有不少電影、電視、遊戲使用了這個題材，因此不想把此案件用作故事重心，而加插了方氏三代的經歷。許多時候看犯罪者生平，都會發覺他們度過了不幸的童年，所以這次也不例外，透過主角的「幼年期」、「婚後」和「現在」三個階段，來分析她的改變。

此文令我糾結了很久，因為故事複雜，腦部整理實在趕不上，於是大部分時間都用於思考，真正執筆大概只佔總工作時間的一半。而在構思故事上，由於突然靈機一動，覺得假如一家三代都是殺人犯應該很有趣（喂），所以故事方向就變成現在這樣子了。

今次是我第一次在香港出版小說實體書，以前在台灣出過一本，因為出版時沒機會前往當地，也就沒看到作品被擺在架上的畫面了。今次，終於可以在出生地發表作品，我想出版時一定會到處逛書店，沉醉在滿足感之中。

要說功勞，很感激本書編輯看中我的作品，令意志消沉、自卑的我，多了一點希望。今後期望能運用我的特長，繼續貢獻文壇，為香港帶來一些新風氣。另外，感謝每位參與製作的人士，也感謝朱華小姐提供封面插圖，很高興可以和這些新朋友合作。